U0025498

求職ジョブ・就業 職を得ます

日・本・語

一日跟讀10分鐘會話

•MP3•

作者 公益社團法人 國際日本語普及協會
譯者 Latex International Co., Ltd

前言

對在日本留學，畢業後想進入日本企業、日商相關企業就職的學生而言，求職活動及進公司後的商業場合是個「未知的世界」；同時，對職場所要求的正式日語，可說是陌生而令人缺乏自信。

在日常生活中鮮少碰到的「未知世界的正式日語」，如果在課堂中反覆地模擬練習，一定可以與實際狀況相結合。但是事實上，一旦班級的人數多，要讓每個人都有多次練習的機會幾乎是不可能的。現實的狀況是，為了畢業，每個人都有許多項目必須學習，時間亦是有限。

筆者們所帶領的留學生班級，現狀就是如此。在這種現有的條件下要如何有效率地提供學生正確的情境，以及提高模擬練習的機會呢？我們找出的方法就是「跟讀練習」（shadowing）

所謂的「跟讀練習」就是宛如「如影隨形」一般，**聽完音檔內容後，隨即仿真複誦**的練習方法。邊聽內容，再以幾乎是同步的方式發聲練習，同時聽自己的聲音繼續練習。筆者認為這樣的練習方式，跟人類與生俱來的「語言學習機制」（language acquisition device）高度符合。持續進行一次 10 分鐘的短時間練習，聽懂後再深度理解，最後轉化為自己說出口的內容，如此的訓練一定可以達到良好的成效。

因此，筆者及第一線的教師們開始著手開發自編教材，研發有關求職活動及進公司後的職場情境會話的「跟讀練習」教材，並於 2010 年在學科三年級留學生日語班級中導入使用。此後的五年間，共有 1000 名學生使用本套教材，受到學生及教師的好評。

本次教材出版之際，為了提高通用性，另外再追加嚴選的實用情境；並且反應學生們的意見，追加敬語及商務禮儀的說明；同時大量反應第一線反覆教學中獲得的知識。

現在雇主們期待有能力的學生成為日本企業的重要戰力一學生們要找到心目中理想的工作，達成夢想，就必須具備基礎能力，也就是扎實的日語溝通能力。在此，希望不同學系的老師們使用本教材，除此之外，也希望更多的自學的讀者也能廣泛地活用本書。

最後感謝東京大學研究所工學系研究科的峯松信明老師，感謝峯松老師允許我們使用 OJAD 系統（Online Japanese Accent Dictionary）用於本書中的發音重點練習項目。同時也對編輯作業中給我們許多貴寶意見的「アスク出版」的相澤フヨ子編輯深表感謝。

著者一同

目次

音檔請參考下列網站。
☞ http://www.ask-support.com/japanese/

PART 1 学習の進め方とシャドーイング練習

學習方法&跟讀練習

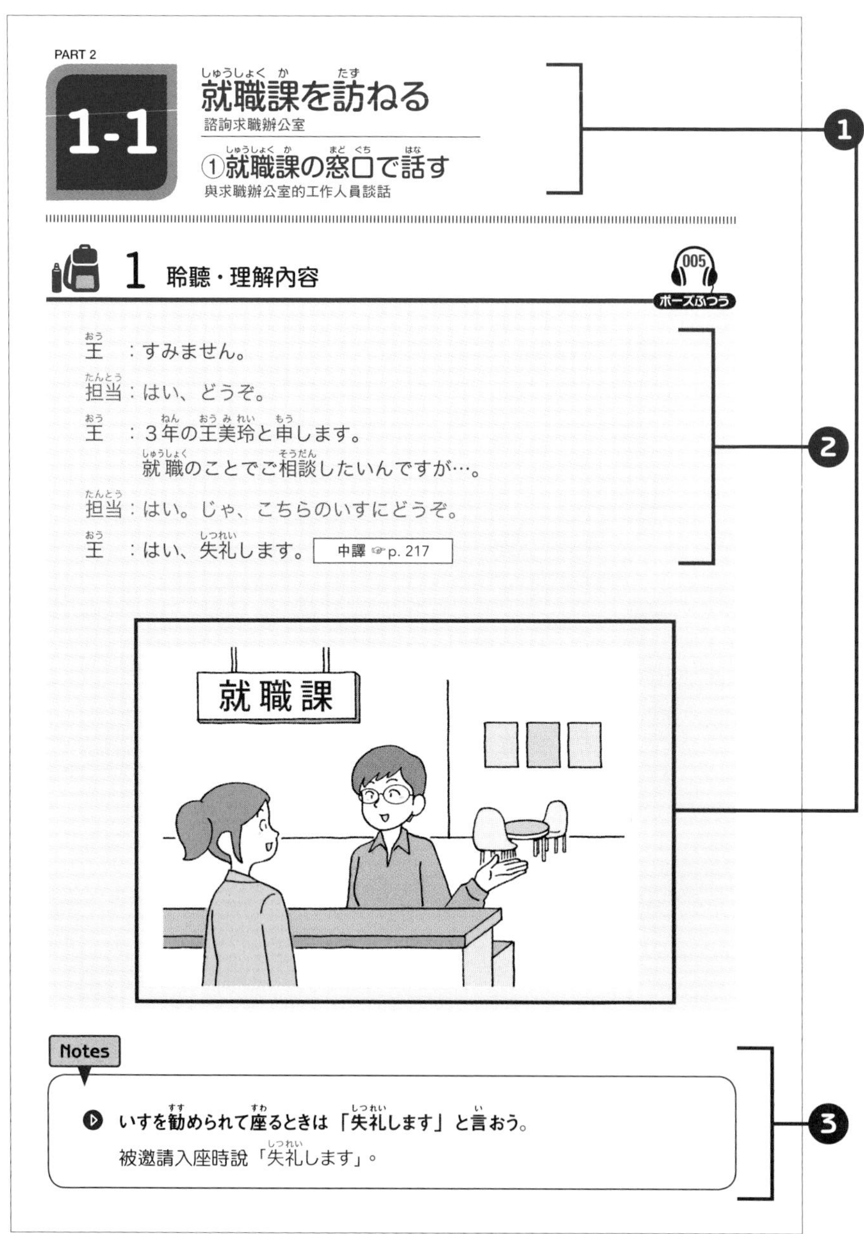

PART 2

1-1

就職課を訪ねる

諮詢求職辦公室

①就職課の窓口で話す

與求職辦公室的工作人員談話

1 聆聽・理解內容

005 ポーズふつう

王　：すみません。

担当：はい、どうぞ。

王　：3年の王美玲と申します。
　　　就職のことでご相談したいんですが…。

担当：はい。じゃ、こちらのいすにどうぞ。

王　：はい、失礼します。 中譯 ☞p. 217

Notes

▶ いすを勧められて座るときは「失礼します」と言おう。

被邀請入座時說「失礼します」。

❶

❷

❸

※音檔的說明在 

(1) 步驟1

 1 聆聽・理解內容 

目標：徹底理解會話場景及內容

❶ 根據標題和插圖，思考當時的場景。

王美玲(おうみれい)さんが就職課(しゅうしょくか)を訪(たず)ねて、窓口(まどぐち)で話(はな)します。

❷ 根據會話原文，一邊想像會話場景，一邊聽CD原聲（正常停頓）理解會話內容。

※會話內容理解不了時，請參考譯文確認。

p. 217~p. 248中有中文譯文，日本官網上另有越南語譯文等等。

☞http://www.ask-support.com/japanese/

❸ Note裡會說明句型及禮儀上需要注意的事項。

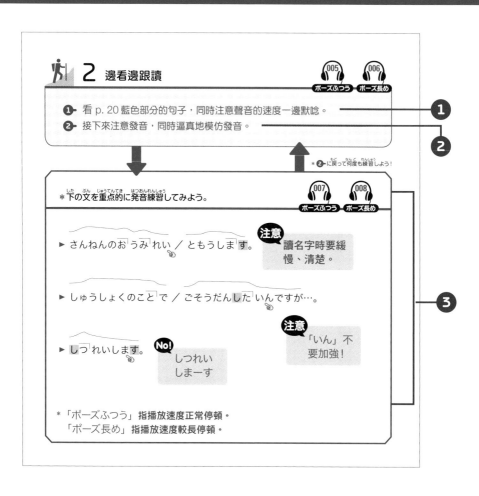

2 邊看邊跟讀

005 ポーズふつう　006 ポーズ長め

❶- 看 p. 20 藍色部分的句子，同時注意聲音的速度一邊默唸。 ❶

❷- 接下來注意發音，同時逼真地模仿發音。 ❷

＊❷-に戻って何度も練習しよう！

＊下の文を重点的に発音練習してみよう。

007 ポーズふつう　008 ポーズ長め

► さんねんのおうみれい ／ ともうします。

注意 讀名字時要緩慢、清楚。

► しゅうしょくのことで ／ ごそうだんしたいんですが…。

注意 「いん」不要加強！

► しつれいします。

No! しつれい しまーす

❸

＊「ポーズふつう」指播放速度正常停頓。
　「ポーズ長め」指播放速度較長停頓。

(2) 步驟2　(3) 步驟3

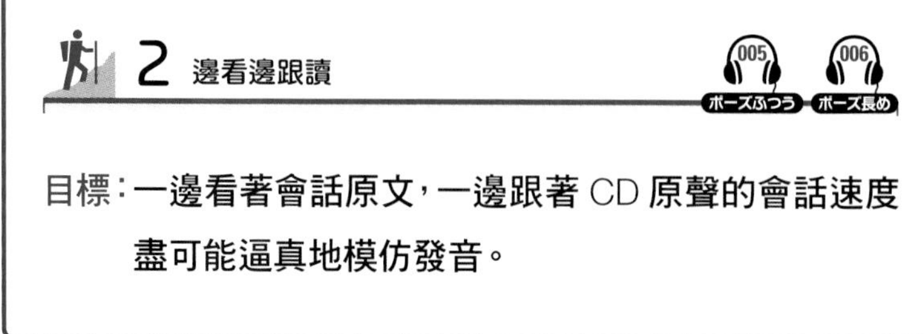

2 邊看邊跟讀
005
ポーズふつう
006
ポーズ長め
目標：一邊看著會話原文，一邊跟著 CD 原聲的會話速度
盡可能逼真地模仿發音。

(2) 步驟2

❶ 看 P ●藍色部分的句子，同時注意聲音的速度一邊默唸。

❶ 一邊看會話原文，一邊跟著CD原聲（正常停頓）小聲跟讀。

※練習會話原文的藍色字體的部分。

POINT

試著在CD原聲後的0.2~0.5秒開始說，並且在0.2~0.5秒後結束。

做好幾乎和原聲同時開始說的心理準備。速度不要慢於1秒。

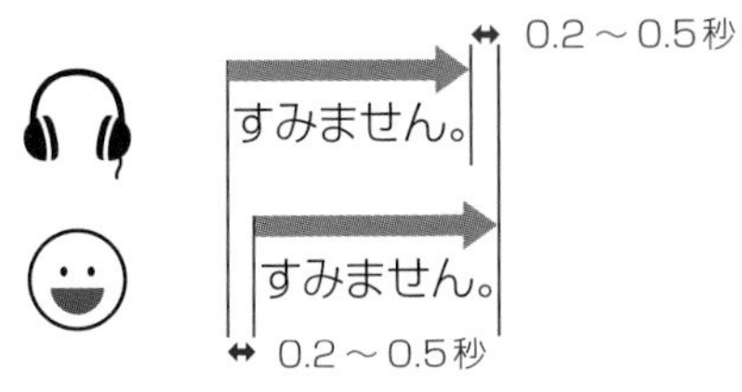

POINT

不要不顧CD原聲，也不要說得比原聲快。

跟不上原聲時，聽CD原聲（較長停頓）練習。

熟練掌握以後，再回到CD原聲（正常停頓）練習。

(3) 步驟3

❷ 接下來注意發音，同時逼真地模仿發音。

❷ 一邊看會話原文，一邊跟著CD原聲（正常停頓）大聲跟讀。

POINT

仔細聽CD原聲，盡可能模仿發音、停頓、語調。

❸ 著重練習無法流暢地跟讀出來的地方及需要注意發音的地方。

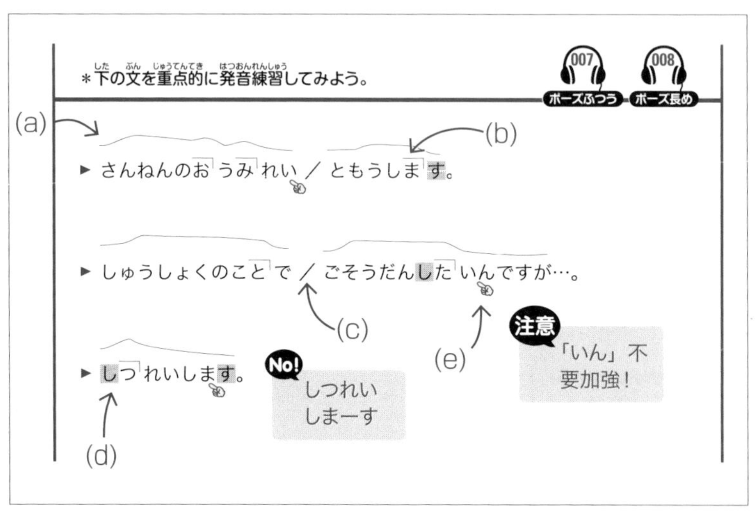

1) 句子上的 曲線 表示語調的高低變化。

2) 句子中的 ┐(b) 表示此音節高而後面一個音節變低。

3) 句子中的 ／(c) 表示停頓的位置。

4) 句子中的 ▒ (d) 表示無聲化。

5) No! 注意 是發音時的錯誤範例及注意點。

(e) 是指此處。

POINT

要想說日語說得既自然又能被理解，停頓非常重要。

我們一起來聽聽並區別一下。

【ポーズなし】沒有停頓

らいしゅうかようびにじゅうににちのじゅうにじはんにグリーンスポットというカフェテリアですね。

【ポーズあり】有停頓

らいしゅうかようび／にじゅうににちのじゅうにじはんに／グリーンスポットというカフェテリアですね。

(4) 步驟4

不要看 p. 20 藍色部分的句子，同時如真地模仿發音。

目標：不看會話原文，確實地模仿 CD 中會話的速度、發音。

不要看會話原文，跟著CD原聲（正常停頓）大聲說。

※練習會話原文的藍色字體的部分。

POINT

- 想像自己就是該角色，進行跟讀練習。
- 即使沒有完全記住，也閉上眼睛把注意力集中在聲音上，這樣較容易進行跟讀練習。

(5) 步驟5

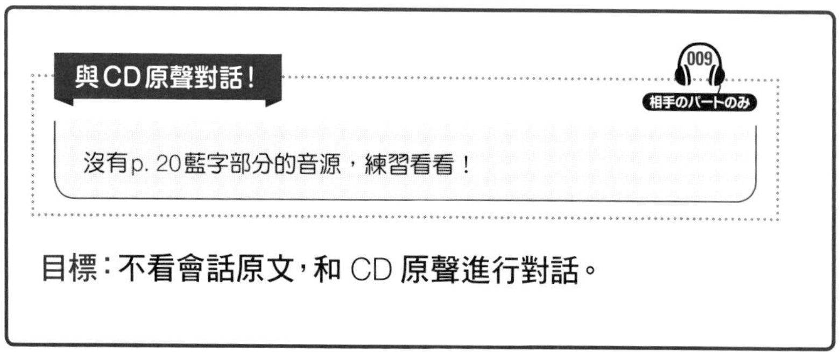

與CD原聲對話！
009
相手のパートのみ
沒有p. 20藍字部分的音源，練習看看！

目標：不看會話原文，和 CD 原聲進行對話。

不要看會話原文，和CD原聲（會話對象）進行會話。

※CD原聲裡只有會話中黑色部分的錄音，沒有藍色字體的內容。

名字、學校名稱等可根據自己的情況進行替換。

POINT

盡量在會話中黑色部分的錄音開始前結束自己說的部分，且注意說的速度。

PART 2 就職活動編

求職活動編

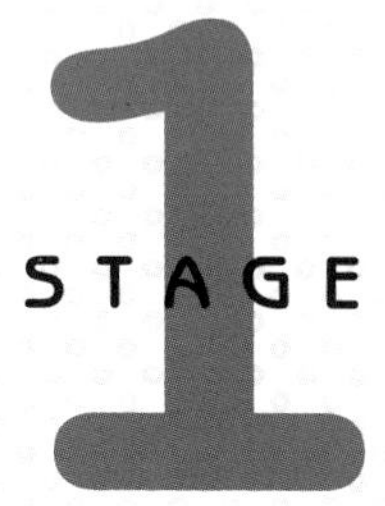

STAGE 1 情報収集

資訊蒐集

就職活動（就活）は、自分自身を見つめ直すことからスタートします。そして、自分の身近なところから企業についての情報収集を始めましょう！

求職活動（日文簡稱：就活），從重新自我審視開始，並從自己身邊開始蒐集企業相關的資訊。

1 就職課を訪ねる ☞p. 20-31

諮詢求職辦公室

一番身近な学校の就職課（キャリア支援センター）を十分に活用しましょう。さまざまな情報やアドバイスを受けることができます。

充分利用離自己最近的校內求職辦公室（職業支援中心）。在那裡能諮詢到各種資訊及建議。

2 OB・OGを訪問する ☞p. 34-49

諮詢畢業生

就職課などで志望企業に勤めるOB・OGを紹介してもらったら、電話でアポイントメントをとって話を聞いてみましょう。

可透過求職辦公室等請求介紹已經在自己的志願公司就職的前輩畢業生，並透過電話預約會面，詢問相關情況。

3 会社に電話で問い合わせる ☞p. 50-55

致電公司諮詢

志望企業に直接電話で問い合わせる必要が生じた場合は、事前に用件を整理し、マナーに気をつけてかけましょう。

有必要直接致電志願公司時，先整理好需要諮詢的要點，禮貌地進行電話諮詢。

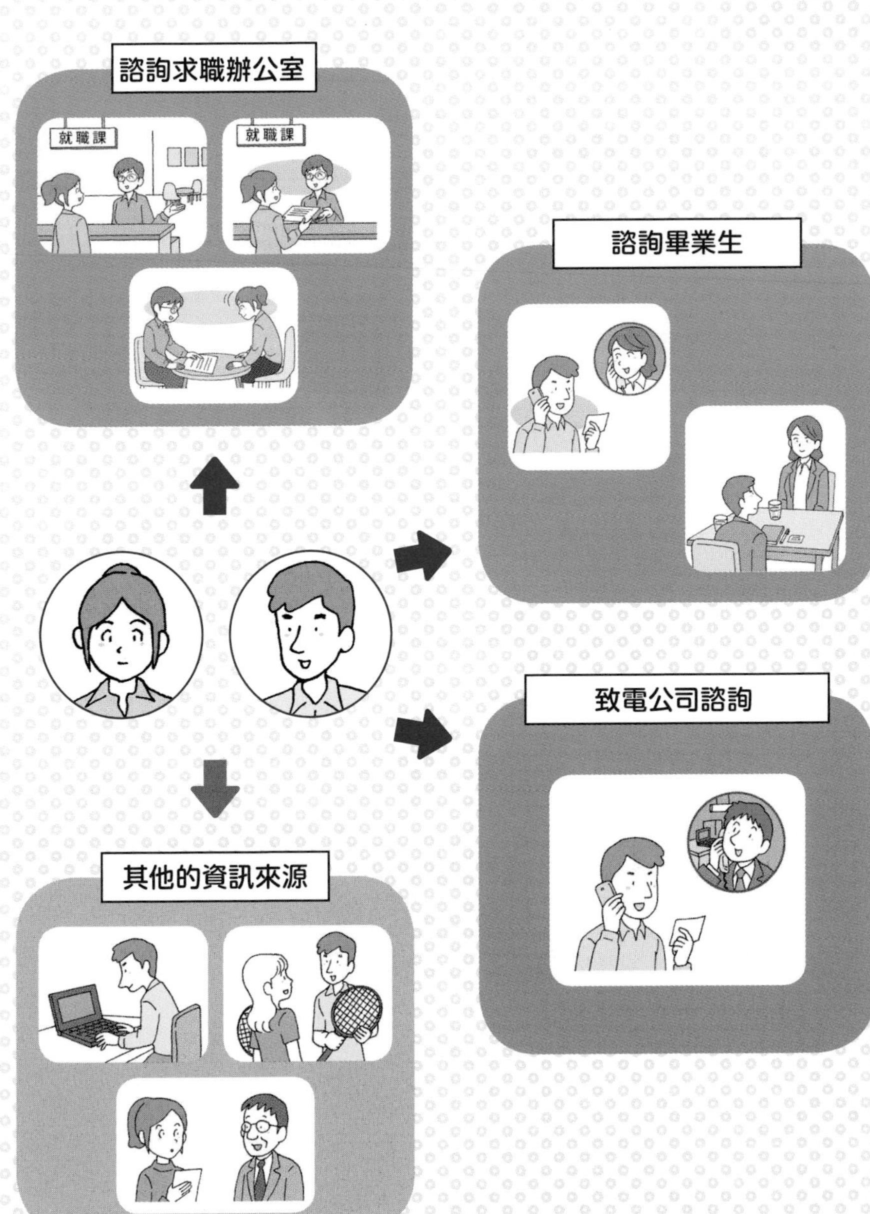

諮詢求職辦公室
就職課
就職課
諮詢畢業生
致電公司諮詢
其他的資訊來源

PART 2

就職課を訪ねる
諮詢求職辦公室

①就職課の窓口で話す
與求職辦公室的工作人員談話

1 聆聽・理解內容

王　：すみません。

担当：はい、どうぞ。

王　：３年の王美玲と申します。
　　　就職のことでご相談したいんですが…。

担当：はい。じゃ、こちらのいすにどうぞ。

王　：はい、失礼します。 中譯 ☞p. 217

Notes

▶ **いすを勧められて座るときは「失礼します」と言おう。**

被邀請入座時說「失礼します」。

2 邊看邊跟讀

❶ 看 p. 20 藍色部分的句子，同時注意聲音的速度一邊默唸。

❷ 接下來注意發音，同時逼真地模仿發音。

＊❷に戻って何度も練習しよう！

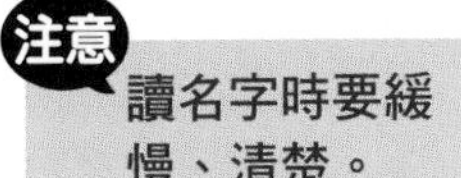

＊下の文を重点的に発音練習してみよう。

▶ さんねんのおうみれい／ともうします。

注意 讀名字時要緩慢、清楚。

▶ しゅうしょくのことで／ごそうだんしたいんですが…。

注意 「いん」不要加強！

▶ しつれいします。

＊「ポーズふつう」指播放速度正常停頓。
「ポーズ長め」指播放速度較長停頓。

3 直接跟讀

不要看 p. 20 藍色部分的句子，同時如真地模仿發音。

與CD原聲對話！

沒有p. 20藍字部分的音源，練習看看！

PART 2 1-1 就職課を訪ねる①

PART 2

就職課を訪ねる

諮詢求職辦公室

②求人情報について聞く

諮詢招聘資訊

1 聆聽・理解內容

王　：日本の旅行会社への就職を希望しているんですが、
　　　留学生向けの求人情報はありますか。

担当：はい、旅行会社ですね。いくつか来ていますよ。

王　：あのー、見せていただいてもよろしいですか。

担当：はい。ええと、留学生向けだと、こちらの5社から
　　　求人が来ています。どうぞ。

王　：ありがとうございます。 中譯 ☞p. 217

Notes

「あのー」は、依頼の前の遠慮の気持ちを示している。☞p. 32

「あのー」用在提出要求前，表示委婉客氣的心情。

2 邊看邊跟讀

1. 看 p. 22 藍色部分的句子，同時注意聲音的速度一邊默唸。
2. 接下來注意發音，同時逼真地模仿發音。

＊ 2 に戻って何度も練習しよう！

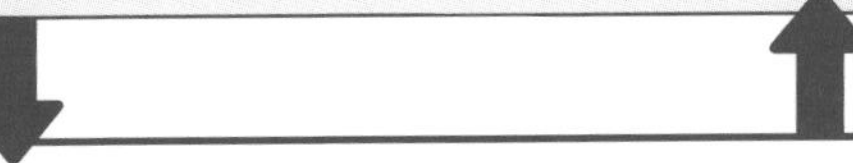

＊下の文を重点的に発音練習してみよう。

▶ にほんの りょこうが いしゃへの ／
しゅうしょくを きぼうしている んですが、／
りゅうがくせいむけの ／ きゅうじんじょ うほうはありま すか。

注意
「るん」不要加強！

▶ あのー、み せていただいて もよろし いですか。

3 直接跟讀

不要看 p. 22 藍色部分的句子，同時如真地模仿發音。

與CD原聲對話！

沒有p. 22藍字部分的音源，練習看看！

PART 2 1-1 就職課を訪ねる②

就職課を訪ねる

諮詢求職辦公室

③エントリーシートをチェックしてもらう（1）

確認應聘申請表（1）

1 聆聽・理解內容

王　：すみません。

担当：はい、どうぞ。

王　：エントリーシートを書いたんですが、
　　　ちょっと見ていただいてもよろしいですか。

担当：わかりました。こちらへどうぞ。

王　：はい。

王　：こちらです。
　　　よろしくお願いします。

担当：はい。じゃ、
　　　そちらのいすにどうぞ。

王　：はい、失礼します。

中譯 ☞p. 217

Notes

- **「ちょっと」を使うと、依頼がやわらかくなる。**☞p. 32
  用「ちょっと」的話，要求對方的語氣會變得婉轉。
- **チェックをお願いするときは、必ず「よろしくお願いします」と言って、丁寧に両手でシートを差し出そう。**
  請求別人確認時，一定要說「よろしくお願いします」並且雙手將表格禮貌地遞給對方。

2 邊看邊跟讀

❶ 看 p. 24 藍色部分的句子，同時注意聲音的速度一邊默唸。

❷ 接下來注意發音，同時逼真地模仿發音。

＊❷に戻って何度も練習しよう！

＊下の文を重点的に発音練習してみよう。

▶ エントリーシートをかいたんですが、／

ちょっとみていただいてもよろしいですか。

No! ちょと

3 直接跟讀

不要看 p. 24 藍色部分的句子，同時如真地模仿發音。

與CD原聲對話！

沒有p. 24藍字部分的音源，練習看看！

就職課を訪ねる

諮詢求職辦公室

④エントリーシートをチェックしてもらう (2)

確認應聘申請表（2）

1 聆聽・理解內容

担当：うーん、そうですね…。
自己PRはもうちょっと具体的に書いたほうがいいですね。
がんばった点は何か、そこから何が学べたか、を書きましょう。

王　：ああ、そうですね。わかりました。もう一度書き直してみます。

担当：ええ、書けたら、また見せてください。

王　：はい、またよろしくお願いします。ありがとうございました。

中譯 ☞p. 218

Notes

- **「わかりました」と言うだけでなく「～てみます」と言って、行動を起こすことを伝えよう。**不要只說「わかりました」而要再進一步說「～てみます」表示自己會積極地採取下一步行動。
- **またお世話になるかもしれない相手には、最後に「またよろしくお願いします」と言おう。**對將會再幫助自己的對象，在會話的最後說「またよろしくお願いします」。

2 邊看邊跟讀

❶ 看 p. 26 藍色部分的句子，同時注意聲音的速度一邊默唸。

❷ 接下來注意發音，同時逼真地模仿發音。

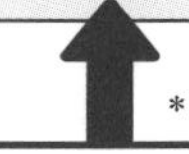

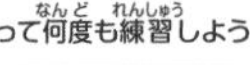
＊❷に戻って何度も練習しよう！

＊下の文を重点的に発音練習してみよう。

► ああ、そうですね。／わかりました。／

もういちどかきなおしてみます。

3 直接跟讀

不要看 p. 26 藍色部分的句子，同時如真地模仿發音。

與CD原聲對話！

沒有p. 26藍字部分的音源，練習看看！

PART 2

就職課を訪ねる

諮詢求職辦公室

⑤企業からメールで届いた情報について、わからないところを聞く 收到企業發來的郵件，詢問不明白的地方

1 聆聽・理解內容

王　：すみません、ちょっとご相談したいことがあるんですが…。

担当：はい、どうぞ。

王　：実は、先日こちらで教えていただいたサイトに登録したら、
　　　こんな情報が送られてきたんですが、意味がよくわからなくて…。

担当：そうですか。ちょっと見てもいいですか。

王　：はい、お願いします。 中譯 ☞p. 218

Notes

- **わかりにくい情報は、実物を見てもらいながら相談しよう。**
  不理解的資訊，給求職辦公室的人看實物再商量。
- **「実は」は、大切な用件を切り出すときに使う表現。** ☞p. 32
  「実は」用於提出要點時。

2 邊看邊跟讀

❶ 看 p. 28 藍色部分的句子，同時注意聲音的速度一邊默唸。

❷ 接下來注意發音，同時逼真地模仿發音。

＊❷に戻って何度も練習しよう！

＊下の文を重点的に発音練習してみよう。

▸ すみません、／ちょっとごそうだんしたいことが／

あるんですが…。

「るん」不要加強！

▸ じつは、せんじつ／こちらでおしえていただいた／

サイトにとうろくしたら、／

こんなじょうほうがおくられてきたんですが、／

いみがよくわからなくて…。

3 直接跟讀

不要看 p. 28 藍色部分的句子，同時如真地模仿發音。

與 CD 原聲對話！

沒有 p. 28 藍字部分的音源，練習看看！

PART 2

就職課を訪ねる

諮詢求職辦公室

⑥掲示板で見つけたインターンシップ情報について聞く　詢問佈告欄上看到的實習資訊

1　聆聽・理解內容

王　：あのー、TKYツーリストのインターンシップに申し込みをしたいんですが、まだ間に合うでしょうか。

担当：大丈夫ですよ。でも急いでください。こちらの申込書に必要事項を記入して、明日までに持ってきてくれますか。

王　：はい、わかりました。明日の午前中に提出しますので、よろしくお願いします。 中譯 ☞p. 218

Notes

「はい、わかりました」だけでなく「明日の午前中に～」と、どう対応するかも伝えよう。

不要只說「はい、わかりました」，而要再進一步說「明日の午前中に～」告訴對方自己下一步會做什麼。

2 邊看邊跟讀

❶ 看 p. 30 藍色部分的句子，同時注意聲音的速度一邊默唸。

❷ 接下來注意發音，同時逼真地模仿發音。

＊❷に戻って何度も練習しよう！

＊下の文を重点的に発音練習してみよう。

▶ あのー、ティーケーワイツーリストのインターンシップに ／
もうしこみをしたいんですが、／ まだまにあうでしょうか。

▶ はい、わかりました。 ／
あすのごぜんちゅうにていしゅつしますので、／
よろしくおねがいします。

3 直接跟讀

不要看 p. 30 藍色部分的句子，同時如真地模仿發音。

與 CD 原聲對話！

沒有p. 30藍字部分的音源，練習看看！

クッション言葉 緩衝語

相手に何か尋ねたり、依頼したり、相手の依頼を断ったりするとき、用件だけを言うのではなく**「お忙しいところ申し訳ありません」「お手数をおかけします」**などの言葉を加えると、相手への配慮を示すことができます。このような言葉を「クッション言葉」と言います。

仕事をスムーズに進めるうえで、クッション言葉は欠かせません。以下の例を参考にして、あなたもクッション言葉を上手に使ってみましょう。

※ここでは、**「あのー」「実は」「ちょっと」**などもクッション言葉として紹介しています。

在向對方提出詢問、請求，或是拒絕對方的請求時，不要直接表達要點，要夾雜一些**「您那麼忙真是不好意思」「給您添麻煩了」**之類的語詞，表示自己考慮到對方的情況。這類用語稱之為「緩衝語」。

緩衝語是工作順利進行的必要條件。請參考以下的例子，試著靈活運用緩衝語。

※**「嗯……」「事實上」「稍微」**等也在此作為緩衝語介紹給大家。

あのー

- あのー、見せていただいてもよろしいですか。 ☞p. 22
- あのー、本日履歴書を持参しているんですが、こちらでよろしいでしょうか。 ☞p. 68

すみません

- すみません、ちょっと伺ってもよろしいでしょうか。 ☞p. 66
- 山下さん、すみません。ちょっとお聞きしてもよろしいですか。 ☞p. 134

申し訳ございません／申し訳ございませんが／誠に申し訳ないんですが

- 申し訳ございません。佐藤は、ただ今外出しております。 ☞p. 148
- 申し訳ありませんが、課長にそのようにお伝えいただけますでしょうか。 ☞p. 160
- 誠に申し訳ないんですが、急なお願いがございまして…。 ☞p. 180

お忙しいところすみません／お忙しいところ恐れ入ります

▷ お忙しいところすみません。明日のみなと水産との会議の資料のことで～ ☞p. 170

▷ お忙しいところ恐れ入ります。あけぼの大学３年の～ ☞p. 52

よろしければ

▷ よろしければ、一度お目にかかって、直接お話を伺いたいんですが、お時間いただけますでしょうか。 ☞p. 38

▷ よろしければ、私が発表を担当しましょうか。 ☞p. 84

できましたら

▷ 先日お送りした見積りについて、できましたら、直接詳しいお話をさせていただきたいんですが…。 ☞p. 178

ちょっと

▷ エントリーシートを書いたんですが、ちょっと見ていただいてもよろしいですか。 ☞p. 24

▷ すみません、ちょっとご相談したいことがあるんですが…。 ☞p. 28

早速ですが

▷ では、早速ですが、お話を伺ってもよろしいでしょうか。 ☞p. 46

▷ 早速ですが、この度弊社が開拓しました新規調達先について、ご説明をさせていただきます。 ☞p. 188

実は

▷ 実は、先日、こちらで教えていただいたサイトに登録したら、こんな情報が送られてきたんですが、意味がよくわからなくて…。 ☞p. 28

▷ 実は、社内で急な打ち合わせが入ってしまいまして、日程を変更していただけないでしょうか。 ☞p. 180

あいにく

▷ 佐藤は、あいにく今週いっぱい不在にしておりますが…。 ☞p. 152

お手数をおかけしますが

▷ お手数をおかけしますが、よろしくお願いいたします。 ☞p. 148

OB・OGを訪問する

諮詢畢業生

①就職課でOB・OGを紹介してもらう

請求職辦公室介紹畢業生

1 聆聽・理解內容

ウン：すみません。

担当：はい、どうぞ。

ウン：ABC商事に興味があるんですが、この大学のOB・OGがいらっしゃったら、ご紹介いただけないでしょうか。

担当：はい。調べてみますので、少々お待ちください。

ウン：はい、よろしくお願いします。

担当：お待たせしました。
販売促進課に昨年の卒業生の森田雪さんが勤務しています。
これが森田さんの携帯番号ですので、連絡してみてください。

ウン：はい、ありがとうございます。

中譯 ☞p. 219

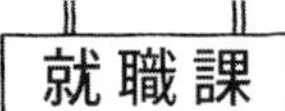

Notes

▶ **電話番号などの個人情報は、ほかにもらさないように注意!**

電話號碼等個人資訊，切記不能告知其他人。

2 邊看邊跟讀

❶ 看 p. 34 藍色部分的句子，同時注意聲音的速度一邊默唸。

❷ 接下來注意發音，同時逼真地模仿發音。

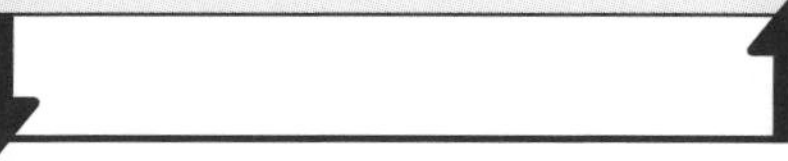

＊❷に戻って何度も練習しよう！

＊下の文を重点的に発音練習してみよう。

▶ エービーシーしょうじにきょうみがあるんですが、／

「るん」不要加強！

このだいがくのオービー・オージーがいらっしゃったら、／

ごしょうかいいただけないでしょうか。

3 直接跟讀

不要看 p. 34 藍色部分的句子，同時如真地模仿發音。

與 CD 原聲對話！

沒有p. 34藍字部分的音源，練習看看！

OB・OGを訪問する
諮詢畢業生

②紹介されたOGの携帯電話に連絡する
打電話給受推薦畢業生

1 聆聽・理解內容

森田：はい、森田です。

ウン：突然のお電話、失礼いたします。
私、あけぼの大学３年のウン・テック・メンと申します。
就職課で森田様のお名前とご連絡先を伺い、
お電話させていただきました。今、お時間よろしいでしょうか。

森田：はい、大丈夫ですよ。

ウン：ありがとうございます。 中譯 ☞p. 219

Notes

- **朝早く、仕事中、夜遅い時間の電話は避けよう。**
打電話要避開一大早、工作時間或是很晚的時段。

- **初めて電話する相手には、あいさつ、名前、誰からの紹介かをスラスラ言えるようにしよう。**對第一次通話的對方要能流暢地打招呼，說明自己的名字，以及誰介紹的。

- **「今、お時間よろしいでしょうか」と確認してから用件を話そう。**
確認「今、お時間よろしいでしょうか」之後再開始說要點。

2 邊看邊跟讀

ポーズふつう　ポーズ長め

❶ 看 p. 36 藍色部分的句子，同時注意聲音的速度一邊默唸。

❷ 接下來注意發音，同時逼真地模仿發音。

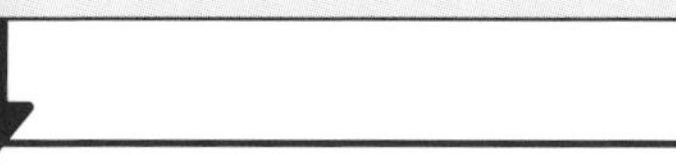

＊❷に戻って何度も練習しよう！

ポーズふつう　ポーズ長め

＊下の文を重点的に発音練習してみよう。

▶ とつぜんのおでんわ、／しつれいいたします。

▶ しゅうしょくかで／

もりたさまのおなまえとごれんらくさきをうかがい、／

おでんわさせていただきました。

▶ いま、おじかんよろしいでしょうか。

3 直接跟讀

ポーズふつう

不要看 p. 36 藍色部分的句子，同時如真地模仿發音。

與CD原聲對話！

相手のパートのみ

沒有p. 36藍字部分的音源，練習看看！

OB・OGを訪問する

諮詢畢業生

③紹介されたOGに連絡をして、アポイントメントをとる(1)

聯繫並約見受推薦畢業生(1)

1 聆聽・理解內容

ウン：実は、現在就職活動をしておりまして、ABC商事に興味を持っております。よろしければ、一度お目にかかって、直接お話を伺いたいんですが、お時間いただけますでしょうか。

森田：いいですよ。じゃ、近いうちに会いましょうか。

ウン：ありがとうございます。
ご都合のよろしい日時を教えていただけますでしょうか。

森田：そうですね。ちょっと待ってください。

ウン：はい。 中譯 ☞p. 219

Notes

- **約束の日時は、相手の都合を聞いて合わせよう。**
  約見的日期時間要詢問對方方便與否，再做最終確認。

- **「よろしければ」は相手への配慮を示す。**☞p. 32
  「よろしければ」表示考慮到對方的情況。

2 邊看邊跟讀

❶ 看 p. 38 藍色部分的句子，同時注意聲音的速度一邊默唸。

❷ 接下來注意發音，同時逼真地模仿發音。

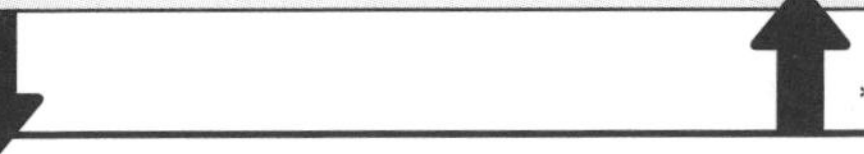

＊❷に戻って何度も練習しよう！

＊下の文を重点的に発音練習してみよう。

▶ よろしければ、 いちどおめにかかって、／
ちょくせつおはなしをうかがいたいんですが、／
おじかんいただけますでしょうか。

「いん」不要加強！

▶ ごつごうのよろしいにちじを ／ おしえていただけますでしょうか。

3 直接跟讀

不要看 p. 38 藍色部分的句子，同時如真地模仿發音。

與CD原聲對話！

沒有p. 38藍字部分的音源，練習看看！

OB・OGを訪問する

諮詢畢業生

④紹介されたOGに連絡をして、アポイントメントをとる(2) 聯繫並約見受推薦畢業生(2)

1 聆聽・理解內容

森田：えーと、来週の火曜日か木曜日のお昼の時間帯なら大丈夫なんですが…。

ウン：はい、どちらの日も大丈夫です。伺います。

森田：じゃ、火曜日の12時半に本社近くのグリーンスポットというカフェテリアまで来てください。
ちょっとお待たせするかもしれませんが…。

ウン：はい、大丈夫です。来週火曜日、22日の12時半にグリーンスポットというカフェテリアですね。

森田：はい、そうです。

ウン：どうぞよろしくお願いします。

中譯 ☞p. 220

Notes

約束の日時と場所をくり返し、きちんと理解したことを伝えよう。

約好日期時間後要再重複確認一遍，告知對方自己已經完全理解了。

2 邊看邊跟讀

❶ 看 p. 40 藍色部分的句子，同時注意聲音的速度一邊默唸。

❷ 接下來注意發音，同時逼真地模仿發音。

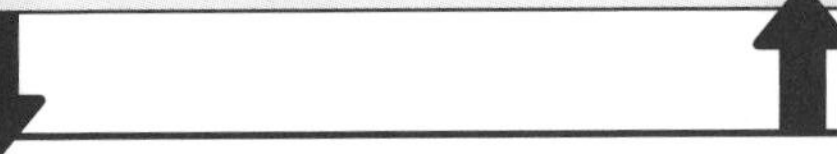

＊❷に戻って何度も練習しよう！

＊下の文を重点的に発音練習してみよう。

► らいしゅうかようび、／

にじゅうににちのじゅうにじはんに ／

グリーンスポットというカフェテリアですね。

複誦時要清楚，
別慌張。

3 直接跟讀

不要看 p. 40 藍色部分的句子，同時如真地模仿發音。

與CD原聲對話！

沒有p. 40藍字部分的音源，練習看看！

OB・OGを訪問する

諮詢畢業生

⑤紹介されたOGに連絡をして、アポイントメントをとる(3) 聯繫並約見受推薦畢業生(3)

1 聆聽・理解內容

ウン：当日、何かあった場合は、こちらの連絡先にお電話すればよろしいでしょうか。

森田：はい。ウンさんの電話番号はこちらでいいですね。

ウン：はい。それでは、よろしくお願いいたします。

森田：はい、失礼します。

ウン：失礼いたします。 中譯 ☞p. 220

Notes

- **何かあった場合のために、当日の連絡先を必ず聞いておこう。**
  為了以防萬一，一定要再確認當天能聯繫到對方的方式。
- **相手が電話を切ってから、静かに電話を切ろう。**
  等對方掛了電話之後，再輕輕地掛斷電話。

2 邊看邊跟讀

❶ 看 p. 42 藍色部分的句子，同時注意聲音的速度一邊默唸。

❷ 接下來注意發音，同時逼真地模仿發音。

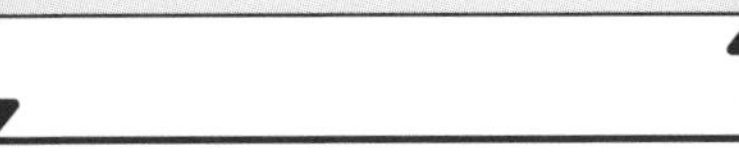

＊❷に戻って何度も練習しよう！

＊下の文を重点的に発音練習してみよう。

▶ とうじつ、なにかあったばあいは、／

こちらのれんらくさきに ／

おでんわすればよろしいでしょうか。

3 直接跟讀

不要看 p. 42 藍色部分的句子，同時如真地模仿發音。

與CD原聲對話！

沒有p. 42藍字部分的音源，練習看看！

OB・OGを訪問する
諮詢畢業生

⑥紹介されたOGに会う
與受推薦畢業生見面

1 聆聽・理解內容

森田：お待たせしました。ウンさんですか。

ウン：はい、はじめまして。
ウン・テック・メンと申します。

森田：はじめまして、森田です。

ウン：ちょうだいします。
本日は、お忙しいところお時間をいただき、ありがとうございます。
どうぞよろしくお願いします。

森田：はい。じゃ、まず何か頼みましょうか。

ウン：はい。 中譯 ☞p. 220

Notes

- **最初のあいさつは立ってしよう。**
  一開始寒暄的時候一定要站著。
- **名刺は「ちょうだいします」と言って、受け取ろう。**
  說「ちょうだいします」後再收下名片。
- **「本日はお忙しいところ～」と、会ってくれたお礼を言おう。**
  說「本日はお忙しいところ～」感謝對方抽時間和自己見面。

2 邊看邊跟讀

❶ 看 p. 44 藍色部分的句子，同時注意聲音的速度一邊默唸。

❷ 接下來注意發音，同時逼真地模仿發音。

＊❷に戻って何度も練習しよう！

＊下の文を重点的に発音練習してみよう。

► ほんじつは、／

おいそがしいところおじかんをいただき、／

ありがとうございます。

3 直接跟讀

不要看 p. 44 藍色部分的句子，同時如真地模仿發音。

與CD原聲對話！

沒有p. 44藍字部分的音源，練習看看！

PART 2

OB・OGを訪問する

諮詢畢業生

⑦紹介されたOGから話を聞く

詢問受推薦畢業生

1 聆聽・理解內容

ウン：本日は何時ごろまでお時間大丈夫でしょうか。

森田：昼休みが1時間なので、15分ごろまでなら大丈夫ですよ。

ウン：では、早速ですが、お話を伺ってもよろしいでしょうか。

森田：はい、どうぞ。

ウン：森田さんは販売促進課でどのようなお仕事をされているんですか。

森田：東アジアの販売戦略を担当しています。

ウン：あの一、入社してすぐ、企画を立てたりできるんでしょうか。

森田：いい企画であれば、新入社員でもチャンスはあります。
やりがいのある仕事だと思いますよ。 中譯 ☞p. 220

Notes

- **最初に相手が何時まで大丈夫かを確認しよう。**
  先要詢問對方方便的時間。
- **用件にすぐ入るときは「では、早速ですが」と添えよう。** ☞p. 32
  進入正題之前先說「では、早速ですが」。

2 邊看邊跟讀

❶ 看 p. 46 藍色部分的句子，同時注意聲音的速度一邊默唸。

❷ 接下來注意發音，同時逼真地模仿發音。

＊❷に戻って何度も練習しよう！

＊下の文を重点的に発音練習してみよう。

▶ では、さっそくですが、／おはなしをうかがっても／
よろしいでしょうか。

▶ もりたさんははんばいそくしんかで／
どのようなおしごとをされているんですか。

▶ あの一、にゅうしゃしてすぐ、／
きかくをたてたりできるんでしょうか。

發問時別慌張，
要慢慢講！

3 直接跟讀

不要看 p. 46 藍色部分的句子，同時如真地模仿發音。

與CD原聲對話！

沒有p. 46藍字部分的音源，練習看看！

OB・OGを訪問する

諮詢畢業生

⑧紹介されたOGにお礼を言う

對受推薦畢業生表示感謝

1 聆聽・理解內容

森田：えーと、もう質問は大丈夫ですか。

ウン：はい、たいへん参考になりました。ありがとうございました。

森田：いいえ。また何か聞きたいことがあったら、連絡してください。

ウン：ありがとうございます。よろしくお願いします。本日は、お忙しいところお時間をいただき、ありがとうございました。

中譯 ☞p. 221

Notes

▶ **最後に立ち上がって、「本日は、お忙しいところ～」と丁寧にお礼を言おう。**最後要站起來禮貌地說「本日は、お忙しいところ～」表示感謝。

2 邊看邊跟讀

❶ 看 p. 48 藍色部分的句子，同時注意聲音的速度一邊默唸。

❷ 接下來注意發音，同時逼真地模仿發音。

＊❷に戻って何度も練習しよう！

＊下の文を重点的に発音練習してみよう。

► ほんじつは、／

おいそがしいところおじかんをいただき、／

ありがとうございました。

3 直接跟讀

不要看 p. 48 藍色部分的句子，同時如真地模仿發音。

與CD原聲對話！

沒有p. 48藍字部分的音源，練習看看！

会社に電話で問い合わせる

致電公司諮詢

①資料が届かないため、会社に電話をする

因未收到資料，致電公司詢問

1 聆聽・理解內容

受付：お電話ありがとうございます。ABC商事でございます。

ウン：お忙しいところ申し訳ございません。私、あけぼの大学３年のウン・テック・メンと申します。新卒採用の件で伺いたいことがあるんですが、ご担当の方をお願いできますでしょうか。

受付：新卒採用の件ですね。では、担当とかわりますので、少々お待ちください。 中譯 ☞p. 221

Notes

- **自分の大学、名前、用件をスラスラ言えるようにしておこう。**
  能流利地說自己的大學、姓名及要點。
- **相手は仕事中なので、はじめに「お忙しいところ～」と添えよう。** ☞p. 32
  因為接電話的人正在工作中，所以一開始要說 「お忙しいところ～」。

2 邊看邊跟讀

❶ 看 p. 50 藍色部分的句子，同時注意聲音的速度一邊默唸。

❷ 接下來注意發音，同時逼真地模仿發音。

＊下の文を重点的に発音練習してみよう。

▶ おいそがしいところ ／ もうしわけございません。

▶ しんそつさいようのけんで ／
うかがいたいことがあるんですが、／
ごたんとうのかたを ／ おねがいできますでしょうか。

注意 「るん」不要加強！

3 直接跟讀

不要看 p. 50 藍色部分的句子，同時如真地模仿發音。

與CD原聲對話！

沒有p. 50藍字部分的音源，練習看看！

会社に電話で問い合わせる

致電公司諮詢

②担当者と話す

與負責人對話

1 聆聽・理解內容

ポーズふつう

栗本：お電話かわりました。担当の栗本です。

ウン：お忙しいところ恐れ入ります。
あけぼの大学３年のウン・テック・メンと申します。
実は、先日、新卒採用に関する資料請求のメールを
お送りしたんですが、資料がまだ届いていないようでして、
お電話いたしました。

栗本：ああ、申し訳ありません。順次お送りしているんですが…。
念のため、お名前とご連絡先をお聞きしてもいいでしょうか。

中譯 ☞p. 221

Notes

- **用件は、スラスラ言えるようにメモしておこう。**
  告知重要的事情時，事先寫下來以便能流利地說。
- **相手の不手際を伝えるときは「届いていないので」と言うより「届いていないようでして」と言うほうがやわらかく聞こえる。**
  說到可能是對方的疏漏時，與其說「届いていないので」不如說「届いていないようでして」來的更加客氣委婉。

2 邊看邊跟讀

1. 看 p. 52 藍色部分的句子，同時注意聲音的速度一邊默唸。
2. 接下來注意發音，同時逼真地模仿發音。

＊ 2 に戻って何度も練習しよう！

＊下の文を重点的に発音練習してみよう。

► おいそがしいところ ／ おそれいります。

► じつは、せんじつ、／ しんそつさいようにかんする ／
しりょうせいきゅうのメールを ／ おおくりしたんですが、／
しりょうがまだとどいていないようでして、／
おでんわいたしました。

注意
「たん」不要加強！

しりょ

3 直接跟讀

不要看 p. 52 藍色部分的句子，同時如真地模仿發音。

與CD原聲對話！

沒有p. 52藍字部分的音源，練習看看！

PART 2

会社に電話で問い合わせる

致電公司諮詢

③連絡先を伝える

告知聯絡方式

1 聆聽・理解內容

ウン：はい、あけぼの大学３年のウン・テック・メンと申します。
連絡先は、郵便番号123-4567、東京都港区虎ノ門3-19-6です。

栗本：はい、では、くり返します。
郵便番号123-4567、東京都港区虎ノ門3-19-6ですね。

ウン：はい、そうです。

栗本：では、発送がまだの場合は、一両日中に送るようにいたします。

ウン：はい。どうぞよろしくお願いいたします。

栗本：はい。では、失礼いたします。

ウン：ありがとうございました。失礼いたします。 中譯 ☞p. 222

Notes

- **自分の連絡先は、すぐに言えるようにメモしておこう。**
  告知自己聯絡方式時，事先寫下來以便能立即說。
- **「一両日中」は「今日か明日のうちに」という意味。**
  「一両日中」 就是「今天或者明天之內」的意思。

2 邊看邊跟讀

1. 看 p. 54 藍色部分的句子，同時注意聲音的速度一邊默唸。
2. 接下來注意發音，同時逼真地模仿發音。

＊ 2 に戻って何度も練習しよう！

＊下の文を重点的に発音練習してみよう。

▶ どうぞよろしくおねがいいたします。

どうじょろしく

▶ しつれいいたします。

いたしまーす

PART 2
1-3
会社に電話で問い合わせる③

3 直接跟讀

不要看 p. 54 藍色部分的句子，同時如真地模仿發音。

與 CD 原聲對話！

沒有p. 54藍字部分的音源，練習看看！

会社へのアプローチ

拉近與公司的距離

企業の会社説明会やインターンシップなどに参加し、企業の人と直接コミュニケーションをとってみましょう。就職活動（就活）サイトや企業のホームページからではわからない、生の情報を得ることができます。

多多嘗試參加企業的公司說明會或是公司實習等，並試著與公司裡的人直接交流。獲得求職活動（就活）網站或企業官網上獲得不到的第一線資訊。

1 説明会に参加する

參加說明會

(1) 会社説明会に参加する ☞p. 58-65

參加公司說明會

志望企業の採用担当者から直接話を聞くことができます。事前に企業について調べ、質問をまとめておきましょう。

可以直接從志願企業的招聘負責人那裡聽取意見。事先調查企業相關資訊，整理好需要諮詢的問題。

(2) 合同説明会に参加する ☞p. 66-69

參加就業博覽會

就活サイトなどが主催する説明会で、１つの会場で複数の企業を見ることができます。できるだけたくさんの企業の話を聞くためにも、目的を決めて計画的に回りましょう。

在求職網站主辦的說明會上，可以在同一個場地遇到很多企業。要確定自己的目的，有計劃性地盡量諮詢更多的企業。

2 インターンシップに参加する ☞p. 70-73

参加公司實習

インターンシップとは、学生が興味のある企業で実際の仕事を体験する制度です。日本の労働慣行、ビジネスマナー、自分の適性などを知る良い機会です。チャンスがあれば、積極的に参加してみましょう。

※日常のあいさつ、電話の取り次ぎなどは「PART3：新入社員編」を参考にしてください。

所謂公司實習，就是學生在自己感興趣的企業實際體驗工作的制度。是瞭解日本勞動慣例、商務禮儀及自身適應性的最佳機會。有機會的話，請務必積極參加。

※日常寒暄、電話對應等請參考「PART3　新職員篇」。

説明会に参加する

參加說明會

①会社説明会の当日、受付で話す

公司說明會當天，在接待處的會話

1 聆聽・理解內容

王　：失礼いたします。会社説明会に参りました、あけぼの大学３年の王美玲と申します。

受付：では、こちらの資料をお持ちになって、あちらの会議室でお待ちください。

王　：はい、ありがとうございます。

受付：それから、お待ちになっている間にこちらの書類に必要事項をご記入いただけますか。

王　：はい、わかりました。 中譯 ☞p. 223

Notes

- **受付では「失礼いたします」と声をかけよう。**
  在接待處說「失礼いたします」。
- **「～に参りました」と、来社の目的をはっきり言おう。**
  說「～に参りました」明確表示自己來公司的意圖。

2 邊看邊跟讀

❶ 看 p. 58 藍色部分的句子，同時注意聲音的速度一邊默唸。

❷ 接下來注意發音，同時逼真地模仿發音。

＊❷に戻って何度も練習しよう！

＊下の文を重点的に発音練習してみよう。

► しつれいいたします。

► かいしゃせつめいかいにまいりました、／
あけぼのだいがくさんねんの ／ おうみれいともうします。

3 直接跟讀

不要看 p. 58 藍色部分的句子，同時如真地模仿發音。

與CD原聲對話！

沒有p. 58藍字部分的音源，練習看看！

説明会に参加する

參加說明會

②会社説明会で質問する(1)

在公司說明會上提問(1)

1 聆聽・理解內容

担当　：何か質問はありませんか。

トラン：はい。

担当　：はい、どうぞ。

トラン：私、みなと大学3年のトラン・ゴック・バオと申します。
こちらの資料に研修プログラムとありますが、
例えばどのようなものがあるか伺いたいんですが…。

担当　：新入社員には、4月から3か月間、教育担当が
個別に指導することになっています。その後は、配属部署で
先輩に聞きながら、仕事をしていってもらいます。

トラン：はい、よくわかりました。ありがとうございました。

中譯 ☞p. 223

Notes

- **手を挙げて指名されたら、名前を言って質問しよう。**
  舉手被點到以後，報上的名字後再提問。
- **資料などに書いてあることを質問するときは「～とありますが」と、具体例を出そう。**
  對資料裡的內容進行提問時，說「～とありますが」具體舉例說明。

2 邊看邊跟讀

❶ 看 p. 60 藍色部分的句子，同時注意聲音的速度一邊默唸。

❷ 接下來注意發音，同時逼真地模仿發音。

＊❷に戻って何度も練習しよう！

＊下の文を重点的に発音練習してみよう。

▶ こちらのしりょうに ／ けんしゅうプログラムとありますが、／

たとえばどのようなものがあるか ／ うかがいたいんですが…。

注意

「いん」不要加強！

3 直接跟讀

不要看 p. 60 藍色部分的句子，同時如真地模仿發音。

與CD原聲對話！

沒有p. 60藍字部分的音源，練習看看！

PART 2

説明会に参加する

参加說明會

③会社説明会で質問する (2)

在公司說明會上提問 (2)

1 聆聽・理解內容

担当：ほかに質問はありませんか。

王　：はい。

担当：はい、どうぞ。

王　：私、あけぼの大学３年の王美玲と申します。
聞きもらしたかもしれないんですが、
配属はどのように決まるんでしょうか。
また、その後、どのように変わっていくかについても
伺いたいんですが…。

担当：そうですね。現時点で申し上げられることは、みなさんの
ご希望、試験結果と、各部署との要望とを付き合わせていくのが
基本ということです。その後についても同様です。

王　：はい、よくわかりました。ありがとうございました。

中譯 ☞p. 223

Notes

- **きちんと聞いていなかったおそれがあるときは「聞きもらしたかもしれないんですが」と言ってから質問しよう。**若有沒聽清楚的可能性的話，要說「聞きもらしたかもしれないんですが」之後再提問。
- **回答の後は「はい、よくわかりました。ありがとうございました」とお礼を言おう。**聽了回答以後說「はい、よくわかりました。ありがとうございました」表示感謝。

2 邊看邊跟讀

❶ 看 p. 62 藍色部分的句子，同時注意聲音的速度一邊默唸。

❷ 接下來注意發音，同時逼真地模仿發音。

＊❷に戻って何度も練習しよう！

＊下の文を重点的に発音練習してみよう。

► ききもらしたかもしれないんですが、／

はいぞくはどのようにきまるんでしょうか。

► また、そのご、／どのようにかわっていくかについても／

うかがいたいんですが…。

3 直接跟讀

不要看 p. 62 藍色部分的句子，同時如真地模仿發音。

與 CD 原聲對話！

沒有 p. 62 藍字部分的音源，練習看看！

PART 2
2-1
説明会に参加する③

PART 2

説明会に参加する

參加說明會

④会社説明会で質問する (3)

在公司說明會上提問 (3)

1 聆聽・理解內容

担当：ほかに質問はありませんか。

イ　：はい。

担当：はい、どうぞ。

イ　：さくら大学のイ・ミニョンと申します。
　　　あの、一点お伺いしたいんですが…。

担当：はい、どうぞ。

イ　：御社では留学生の採用を積極的に行っていらっしゃいますが、外国人社員に期待することは何でしょうか。

担当：そうですね。海外の事業展開においては、現地の情報収集に力を発揮してもらうこと、また職場においては、活力や変化をもたらすことを期待しています。

イ　：そうですか。よくわかりました。ありがとうございました。

中譯 ☞p. 224

Notes

- **事前に企業の基本情報を調べ、質問を準備しておこう。資料を読めばわかることは、質問しないようにしよう。**
  事先調查好企業的基本資訊，準備提問的內容。看資料就能明白的事，盡量不要提問。

- **改まった場では「あの、一点お伺いしたいんですが」と言ってから質問しよう。**在正式場合下，說「あの、一点お伺いしたいんですが」後再提問。

2 邊看邊跟讀

❶ 看 p. 64 藍色部分的句子，同時注意聲音的速度一邊默唸。

❷ 接下來注意發音，同時逼真地模仿發音。

＊❷に戻って何度も練習しよう！

＊下の文を重点的に発音練習してみよう。

▶ あの、いってんおうかがいしたいんですが…。

3 直接跟讀

不要看 p. 64 藍色部分的句子，同時如真地模仿發音。

與CD原聲對話！

沒有p. 64藍字部分的音源，練習看看！

PART 2

説明会に参加する

參加說明會

⑤合同説明会のブースで質問する (1)

在就業博覽會的公司展櫃上提問 (1)

1 聆聽・理解內容

ウン：すみません、ちょっと伺ってもよろしいでしょうか。

担当：どうぞ。

ウン：業務上、資格が必要となった場合に、
どのようなサポートがありますか。

担当：そうですね。資格によってですが、一定の補助が出ますよ。

ウン：はい、わかりました。ありがとうございました。

中譯 ☞p. 224

Notes

▶ **質問を始めたいときは「すみません、ちょっと～」と、断りを入れよう。**

☞p. 32

開始提問前說「すみません､ちょっと～」，先讓對方有心理準備。

2 邊看邊跟讀

❶ 看 p. 66 藍色部分的句子，同時注意聲音的速度一邊默唸。

❷ 接下來注意發音，同時逼真地模仿發音。

＊❷に戻って何度も練習しよう！

＊下の文を重点的に発音練習してみよう。

▶ すみません、／ちょっとうかがってもよろしいでしょうか。

ちょと

▶ しかくがひつようとなったばあいに、／どのようなサポートがありますか。

3 直接跟讀

不要看 p. 66 藍色部分的句子，同時如真地模仿發音。

與CD原聲對話！

沒有p. 66藍字部分的音源，練習看看！

PART 2
2-1
説明会に参加する⑤

説明会に参加する

參加說明會

⑥合同説明会のブースで質問する (2)

在就業博覽會的公司展櫃上提問（2）

1 聆聽・理解內容

担当：質問は以上でよろしいでしょうか。

ウン：はい、ありがとうございました。あのー、本日履歴書を持参しているんですが、こちらでよろしいでしょうか。

担当：はい、こちらでお預かりします。

ウン：では、よろしくお願いいたします。 中譯 ☞p. 225

Notes

- **合同説明会で履歴書を提出するケースもあるので、準備しておこう。**
  在就業博覽會上有時也能提交履歷，要先做好準備。
- **「あのー」は、依頼の前の遠慮の気持ちを示している。** ☞p. 32
  在提出自己的要求前說「あのー」，會顯得比較婉轉。

2 邊看邊跟讀

❶ 看 p. 68 藍色部分的句子，同時注意聲音的速度一邊默唸。

❷ 接下來注意發音，同時逼真地模仿發音。

＊❷に戻って何度も練習しよう！

＊下の文を重点的に発音練習してみよう。

▶ あのー、ほんじつ ／

りれきしょをじさんしているんですが、／

こちらでよろしいでしょうか。

3 直接跟讀

不要看 p. 68 藍色部分的句子，同時如真地模仿發音。

與CD原聲對話！

沒有p. 68藍字部分的音源，練習看看！

インターンシップに参加(さんか)する

参加公司實習

①インターホンで担当者(たんとうしゃ)に取(と)り次(つ)いでもらう

透過對講機轉接實習負責人

1 聆聽・理解內容

王(おう)　：おはようございます。本日(ほんじつ)よりインターンシップでこちらでお世話(せわ)になります、王美玲(おうみれい)と申(もう)します。インターンシップ担当(たんとう)の鈴木様(すずきさま)にお取(と)り次(つ)ぎいただけますでしょうか。

受付(うけつけ)：インターンの王(おう)さんですね。わかりました。そちらで少々(しょうしょう)お待(ま)ちください。

王(おう)　：はい、ありがとうございます。お願(ねが)いいたします。

鈴木(すずき)：王(おう)さん、おはようございます。

王(おう)　：はい、おはようございます。本日(ほんじつ)よりお世話(せわ)になります。よろしくお願(ねが)いいたします。 中譯 ☞p. 225

Notes

- **初日(しょにち)は「本日(ほんじつ)よりお世話(せわ)になります」と、しっかりあいさつしよう。**
  實習第一天說「本日(ほんじつ)よりお世話(せわ)になります」禮貌地打招呼。
- **受付(うけつけ)で会社(かいしゃ)の人(ひと)を呼(よ)んでもらうときは「お取(と)り次(つ)ぎいただけますでしょうか」と言(い)おう。**
  在接待處請求轉接要找的人時說「お取(と)り次(つ)ぎいただけますでしょうか」。

2 邊看邊跟讀

1. 看 p. 70 藍色部分的句子，同時注意聲音的速度一邊默唸。
2. 接下來注意發音，同時逼真地模仿發音。

＊❷に戻って何度も練習しよう！

＊下の文を重点的に発音練習してみよう。

▶ ほんじつよりインターンシップで ／
こちらでおせわになります、／ おうみれいともうします。

▶ インターンシップたんとうのすずきさまに ／
おとりつぎいただけますでしょうか。

3 直接跟讀

不要看 p. 70 藍色部分的句子，同時如真地模仿發音。

與CD原聲對話！

沒有p. 70藍字部分的音源，練習看看！

インターンシップに参加する

参加公司實習

②最終日にあいさつする

最後一天的寒暄

1 聆聽・理解內容

ポーズふつう

王　：みなさま、大変お世話になりました。
　　　短い間でしたが、多くの経験をさせていただき、
　　　本当にありがとうございました。
　　　この経験を活かして、就職活動をがんばりたいと思います。

社員：お疲れさまでした。がんばってくださいね。

王　：はい、ありがとうございます。 中譯 ☞p. 226

Notes

▶ **お世話になった相手には「大変お世話になりました」と、お礼を言おう。**

對關照過自己的人說「大変お世話になりました」表達感謝之意。

2 邊看邊跟讀

❶ 看 p. 72 藍色部分的句子，同時注意聲音的速度一邊默唸。

❷ 接下來注意發音，同時逼真地模仿發音。

＊❷に戻って何度も練習しよう！

＊下の文を重点的に発音練習してみよう。

▶ みなさま、たいへんおせわになりました。

▶ みじかいあいだでしたが、／おおくのけいけんをさせていただき、／
ほんとうにありがとうございました。

▶ このけいけんをいかして、／
しゅうしょくかつどうをがんばりたいとおもいます。

3 直接跟讀

不要看 p. 72 藍色部分的句子，同時如真地模仿發音。

與CD原聲對話！

沒有p. 72藍字部分的音源，練習看看！

STAGE 3 面接試験

面試

面接試験は、採用を決定する最も重要な判断材料です。内定が出るまでに、通常2～4回の面接が行われます。

面試是決定是否錄用的最重要的判斷依據。直到取得公司內定為止一般要進行 2~4 次面試。

1 グループ面接を受ける ☞p. 76-81

參加小組面試

学生数名に対して行われます。質問のしかたには、「順番に同じ質問に答えさせる」「さまざまな質問を順番に関係なく答えさせる」などがあります。

對數名學生同時進行面試。提問的方式會有「按順序回答同一個問題」、「各種沒有關聯的問題順次提問」等。

2 グループディスカッションをする ☞p. 82-101

分組討論

5～10名程度を1グループとして行われます。その場でテーマが与えられ、ほかの参加者とディスカッションをして結論を導き出します。

將 5~10 名學生編成一個小組，當場給出討論主題，與其他小組成員討論並逐步總結出結論。

3 個人面接を受ける ☞p. 106-115

參加單獨面試

学生一人に複数の面接官で行われます。必ず聞かれるのは「自己PR」「志望動機」です。ここでは、コミュニケーション能力や思考力、組織への順応力などが試されます。

以一名學生面對數名面試官的方式進行。一定會被問及的問題有「自薦」「志願動機」等。在單獨面試中考驗的是溝通能力、思考能力及對組織的順應能力。

4 内定の通知を受ける ☞p. 116-119

収到內定通知

文書による通知と電話による通知があります。内定をもらったら、お世話になった人には必ずお礼を言いましょう。

有書面通知和電話通知兩種形式。內定錄取後，一定要對關照過自己的人表示感謝。

PART 2

3-1 グループ面接を受ける

参加小組面試

①グループ面接の当日、受付で話す

小組面試當天在接待處的會話

1 聆聽・理解內容

ポーズふつう

王　：失礼いたします。あけぼの大学３年の王美玲と申します。
　　　本日は新卒採用の面接を受けに参りました。

受付：王美玲様でいらっしゃいますね。面接会場はあちらです。

王　：はい、ありがとうございます。失礼いたします。

案内：お名前を呼ばれるまで、こちらでお待ちください。
　　　呼ばれた方から、面接会場に入っていただきます。

王　：はい、わかりました。

中譯 ☞p. 227

Notes

- **受付で「～に参りました」と、来社の目的をはっきり言おう。**
  在接待處說「～に参りました」明確表達自己的來意。
- **控室での態度も見られているので注意しよう。** ☞p. 102
  在休息室等候時也會被關注，所以要注意自己的行為。

2 邊看邊跟讀

1. 看 p. 76 藍色部分的句子，同時注意聲音的速度一邊默唸。
2. 接下來注意發音，同時逼真地模仿發音。

＊②に戻って何度も練習しよう！

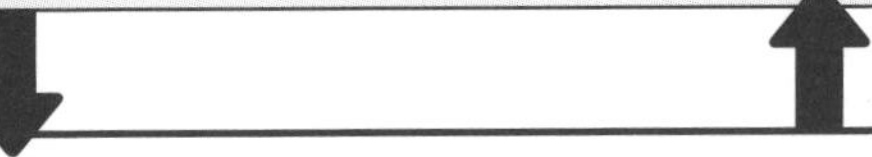

＊下の文を重点的に発音練習してみよう。

▶ しつれいいたします。

No! いたしまーす

▶ ほんじつは ／ しんそつさいようの ／

めんせつをうけにまいりました。

3 直接跟讀

不要看 p. 76 藍色部分的句子，同時如真地模仿發音。

與CD原聲對話！

沒有p. 76藍字部分的音源，練習看看！

グループ面接を受ける

参加小組面試

②名前を呼ばれて面接会場に入り、席に着く

被叫到名字後進入會場入座

1 聆聽・理解內容

係員　：トラン・ゴック・バオさん、イ・ミニョンさん、王美玲さん。

トラン・イ・王：はい。

トラン：失礼いたします。

トラン：みなと大学商学部３年トラン・ゴック・バオと申します。
よろしくお願いいたします。

面接官：どうぞおかけください。

トラン・イ・王：はい、失礼いたします。 中譯 ☞p. 227

Notes

- 入室(にゅうしつ)から着席(ちゃくせき)までの流(なが)れは、実際(じっさい)に動(うご)きながら練習(れんしゅう)しよう。☞p. 102
  從入室到入座的整個流程，需要親自實踐做練習。
- 学校名(がっこうめい)、自分(じぶん)の名前(なまえ)はゆっくりはっきり言(い)おう。
  學校的名字、自己的名字要慢慢地清楚地說。

2 邊看邊跟讀

1. 看 p. 78 藍色部分的句子，同時注意聲音的速度一邊默唸。
2. 接下來注意發音，同時逼真地模仿發音。

3 直接跟讀

不要看 p. 78 藍色部分的句子，同時如真地模仿發音。

與CD原聲對話！

沒有p. 78藍字部分的音源，練習看看！

PART 2

グループ面接を受ける

参加小組面試

③面接官に出身地について聞かれ、答える

面試官詢問出生地等問題時的回答

1 聆聽・理解內容

面接官：みなさん、ご出身はどちらですか。トラン・ゴック・バオさんからどうぞ。

トラン：はい、ベトナムのハイフォンです。
ハノイから東へ車で２時間ぐらいのところです。

イ　　：私は、韓国の釜山の近くの昌原です。

王　　：中国福建省の福清市です。

面接官：福清市は、福建省のどの辺ですか。

王　　：福建省の省都は福州ですが、福清市はその少し南にあります。

面接官：そうですか。 中譯 ☞p. 228

Notes

- **出身地は「～から東へ車で2時間ぐらい」など具体的に説明できるようにしておこう。**
  說出生地時要會使用「～から東へ車で2時間ぐらい」等表達，具體地說明。

2 邊看邊跟讀

❶ 看 p. 80 藍色部分的句子，同時注意聲音的速度一邊默唸。

❷ 接下來注意發音，同時逼真地模仿發音。

＊❷に戻って何度も練習しよう！

＊下の文を重点的に発音練習してみよう。

▶ ハノイからひがしへ／くるまでにじかんぐらいのところです。

▶ ふっけんしょうのしょうとはふくしゅうですが、／

ふくせいしはそのすこしみなみにあります。

3 直接跟讀

不要看 p. 80 藍色部分的句子，同時如真地模仿發音。

與CD原聲對話！

沒有p. 80藍字部分的音源，練習看看！

グループディスカッションをする

分組討論

①面接官の指示を受ける

接受面試官的指示

1 聆聽・理解內容

面接官：それでは、これから30分間で、ここに書いてあるテーマで話し合ってください。30分後にその結論を3分以内で発表していただきます。では、お願いします。

学生全員：はい、わかりました。 中譯 ☞p. 228

〈グループディスカッションの流れ〉〈分組討論流程〉

①面接官の指示を受ける	②役割分担をする	③ディスカッションをする	④案を絞る	⑤発表の準備をする	⑥発表する
接受面試官的指示	分配每個人的角色	討論	總結方案	準備發表內容	發表結論

グループディスカッションで大切なこと 分組討論時的要點

- ▶課題をきちんと理解し、協力して議論を進める
  充分理解主題，齊心協力進行討論。
- ▶ほかの人の発言をよく聞いたうえで、意見を述べる
  完整地聽取其他成員的發言後，陳述自己的想法。
- ▶自分の意見を簡潔にわかりやすく伝える
  簡潔易懂地陳述自己的意見。

Notes

〈設定時間が 30 分の場合の進め方〉〈時間設定 30 分鐘時的流程〉

開始
開始

①面接官の指示を受ける　接受面試官的指示

▷ 面接官の指示、ルールをよく聞こう
認真聽取面試官的指示及討論規則

5分
5分鐘

②役割分担をする　分配角色

▷ 役割分担は、積極的に協力して決めよう
分配每個人的角色時，要積極地共同決定

役割の種類：司会・書記・タイムキーパーなど
角色種類：主持人、記錄人、時間掌控人等

▷ 時間配分を決めてからディスカッションに入ろう
確定好時間分配之後進入討論

15分
15分鐘

③ディスカッションをする　討論

▷ 議論には積極的に参加しよう
積極參加討論

▷ それぞれの役割をきちんと果たそう
積極發揮好每個人的角色

※書記・タイムキーパーも発言しよう
※ 記錄人和時間掌控人也要發言

▷ 論点がずれないように気をつけよう
注意不要偏離論點

▷ 一人で長く話しすぎないようにしよう
不要一個人說太久

▷ ほかの人の意見をよく聞いてから意見を言おう
認真聽完別人的意見之後再發言

5分
5分鐘

④案を絞る　總結方案

▷ 時間内に結論を出せるように、終了10分前ぐらいからまとめに入ろう
在規定時間內必須得出結論，結束前 10 分鐘開始進入總結環節

5分
5分鐘

⑤発表の準備をする　準備發表

▷ 結論をまとめて、みんなで発表の point を確認し合おう
總結結論後，共同確認發表的各項要點

⑥発表する　發表

▷ 結論だけでなく、理由と具体案を付けよう
除了結論以外，也要加上理由及具體方案

グループディスカッションをする
分組討論

②指示を受け、役割分担をする
接受指示，分配角色

1 聴聽・理解內容

王　　　：では、はじめに簡単な自己紹介をして、係を決めましょうか。

トラン　：そうですね。私はトラン・ゴック・バオです。

王　　　：私は王美玲です。

チョー　：ミン・ミン・チョーです。
よかったら、タイムキーパーを担当しましょうか。

スハルジョ：お願いします。私はスハルジョです。
じゃ、私は書記をしましょうか。

イ　　　：よろしくお願いします。イ・ミニョンです。
よろしければ、私が発表を担当しましょうか。

王　　　：お願いします。
では、みなさんがよろしければ、私が司会をします。

王以外の学生：よろしくお願いします。 中譯 ☞p. 228

Notes

- **役割分担は「よかったら／よろしければ～ましょうか」と言って、積極的に協力して決めよう。** ☞p. 32
  分配角色時積極主動地説「よかったら / よろしければ～ましょうか」，齊心協力一起決定。

2 邊看邊跟讀

ポーズふつう　ポーズ長め

❶ 看 p. 84 藍色部分的句子，同時注意聲音的速度一邊默唸。

❷ 接下來注意發音，同時逼真地模仿發音。

＊❷に戻って何度も練習しよう！

＊下の文を重点的に発音練習してみよう。

ポーズふつう　ポーズ長め

► では、はじめに ／ かんたんな じこしょうかいをして、／
かかりをきめましょうか。

► よろしければ、／ わたしがはっぴょうを ／ たんとうしましょうか。

3 直接跟讀

ポーズふつう

不要看 p. 84 藍色部分的句子，同時如真地模仿發音。

グループディスカッションをする
分組討論

③ディスカッションをする（1）
進行討論（1）

1 聆聽・理解內容

王　　　：それでは、「会社は地域貢献のために何をすべきか」について、話し合いを始めます。

チョー　：残り時間は25分です。

王　　　：わかりました。では、まず一人ずつアイデアを挙げていきましょうか。

スハルジョ：はい。

王　　　：スハルジョさん、どうぞ。

スハルジョ：地域の夏祭りに参加するというのはどうでしょうか。夏祭りは地域の人々にとって身近なものですし、そこに参加するというのは貢献度が高いと思います。

中譯 ☞p. 229

Notes

- **発言するときは、手を挙げて、司会の許可をもらってから話そう。**
  發言時要舉手，獲得主持人同意後再發言。
- **「～というのはどうでしょうか」と提案したら、必ず理由や根拠を付けよう。**
  提議時說「～というのはどうでしょうか」，一定要說明理由和依據。

2 邊看邊跟讀

❶ 看 p. 86 藍色部分的句子，同時注意聲音的速度一邊默唸。

❷ 接下來注意發音，同時逼真地模仿發音。

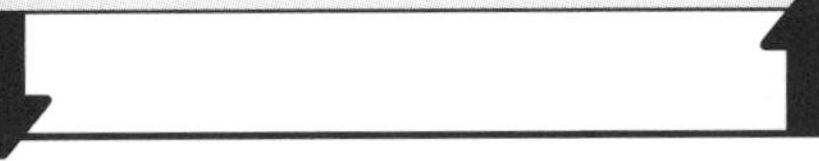

＊❷に戻って何度も練習しよう！

＊下の文を重点的に発音練習してみよう。

▶ ちいきのなつまつりにさんかする ／ というのはどうでしょうか。

▶ なつまつりはちいきのひとびとにとって ／
みぢかなものですし、／ そこにさんかするというのは ／
こうけんどがたかいとおもいます。

3 直接跟讀

不要看 p. 86 藍色部分的句子，同時如真地模仿發音。

グループディスカッションをする

分組討論

④ディスカッションをする (2)

進行討論（2）

1 聆聽・理解內容

王　　：地域住民の身近な行事への参加ですね。
　　　　ほかのみなさんはどうですか。

トラン：はい。

王　　：トランさん、どうぞ。

トラン：お祭りのような特別なイベントもいいと思うんですが、
　　　　もっと生活に直接関係があるものは、どうですか。
　　　　例えば、公園や商店街の清掃活動とか…。

王　　：そうですね。季節行事ではなく
　　　　毎日の生活へ貢献できる活動ですね。

チョー：5分経過しました。

王　　：ありがとうございます。
　　　　ほかにアイデアのある方。

中譯 ☞p. 229

Notes

- **まず「～もいいと思うんですが」と、相手の意見に理解を示してから、対案を出そう。**先說「～もいいと思うんですが」表示理解對方的意見，然後再提出不同的看法。
- **一人で長く話しすぎないようにしよう。**
  不要一個人說得很冗長。

2 邊看邊跟讀

1. 看 p. 88 藍色部分的句子，同時注意聲音的速度一邊默唸。
2. 接下來注意發音，同時逼真地模仿發音。

＊2に戻って何度も練習しよう！

＊下の文を重点的に発音練習してみよう。

► おまつりのような ／

とくべつなイベントもいいとおもうんですが、／

もっとせいかつにちょくせつかんけいがあるものは、／

どうですか。

3 直接跟讀

不要看 p. 88 藍色部分的句子，同時如真地模仿發音。

グループディスカッションをする

分組討論

⑤案を絞る

總結提案

1 聆聽・理解內容

チョー：あと10分です。そろそろまとめに入りませんか。

王　　：そうですね。

王　　：では、今のところ、２つの案が出ているので、１つに絞ってもいいですか。夏祭りへの参加というスハルジョさんの案、地域の清掃活動というトランさんの案、以上の２つの案で、決を採ってもいいでしょうか。

王以外の学生：はい。 中譯 ☞p. 230

Notes

▶ **時間内に結論を出さなければならないので、終了10分前にはまとめに入ろう。**在規定時間內必須得出結論，結束前10分鐘要進入總結環節。

2 邊看邊跟讀

❶ 看 p. 90 藍色部分的句子，同時注意聲音的速度一邊默唸。

❷ 接下來注意發音，同時逼真地模仿發音。

＊❷に戻って何度も練習しよう！

＊下の文を重点的に発音練習してみよう。

▶ では、いまのところ、／ふたつのあんがでているので、／
ひとつにしぼってもいいですか。

▶ いじょうのふたつのあんで、／
けつをとってもいいでしょうか。

3 直接跟讀

不要看 p. 90 藍色部分的句子，同時如真地模仿發音。

グループディスカッションをする

分組討論

⑥発表の準備をする

準備發表

1 聆聽・理解內容

王　　：採決の結果、1対3で公園の清掃となりました。
　　　　私もこれに賛成します。みなさん、よろしいでしょうか。

王以外の学生：はい。

王　　：それでは、公園の清掃を毎週金曜日の就業前の1時間、
　　　　当番制で行うということでいいですね。

王以外の学生：はい。

王　　：発表はイさんでしたね。
　　　　よろしくお願いします。

イ　　：はい、わかりました。
　　　　それでは、発表のpointを
　　　　言いますので、みなさん
　　　　確認してくださいますか。

イ以外の学生：はい。 中譯 ☞ p. 230

Notes

- **司会は「みなさん、よろしいでしょうか」「～ということでいいですね」と、確認を取りながらまとめていこう。**

  主持人說「みなさん、よろしいでしょうか」、「～ということでいいですね」等，一邊確認一邊做最後總結。

2 邊看邊跟讀

❶ 看 p. 92 藍色部分的句子，同時注意聲音的速度一邊默唸。

❷ 接下來注意發音，同時逼真地模仿發音。

＊❷に戻って何度も練習しよう！

＊下の文を重点的に発音練習してみよう。

▶ さいけつのけっか、／いちたいさんで ／

こうえんのせいそうとなりました。

3 直接跟讀

不要看 p. 92 藍色部分的句子，同時如真地模仿發音。

グループディスカッションをする
分組討論

⑦発表する
發表

1 聆聽・理解內容

面接官：それでは、時間になりましたので、討議の結果を発表していただきたいと思います。どうぞ。

イ　　：はい。イ・ミニョンと申します。
討議の結果を発表いたします。私たちのグループは、会社の地域貢献活動として、公園の清掃活動を提案したいと思います。その理由と具体案を申し上げます。

中譯 ☞p. 230

Notes

発表のときは結論だけでなく、理由と具体案を付けること。

發表時，不要單單只說結論，還要說明理由及具體方案。

2 邊看邊跟讀

❶ 看 p. 94 藍色部分的句子，同時注意聲音的速度一邊默唸。

❷ 接下來注意發音，同時逼真地模仿發音。

＊❷に戻って何度も練習しよう！

＊下の文を重点的に発音練習してみよう。

► わたしたちのグループは、／
かいしゃのちいきこうけんかつどうとして、／
こうえんのせいそうかつどうを ／ ていあんしたいとおもいます。

► そのりゆうとぐたいあんを ／ もうしあげます。

3 直接跟讀

不要看 p. 94 藍色部分的句子，同時如真地模仿發音。

與CD原聲對話！

沒有p. 94藍字部分的音源，練習看看！

グループディスカッションをする

分組討論

⑧採用担当者からの電話を受ける

接聽人力資源負責人的電話

1 聆聽・理解內容

王　：はい、王美玲です。

山田：私、TKYツーリスト人事部採用担当の山田と申します。
王さんの携帯電話でよろしいでしょうか。

王　：はい。

山田：この度、一次選考が通過となりましたので、
その旨お伝えいたします。

王　：あ、はい、ありがとうございます。

山田：二次選考は個人面接になります。
日程は12月11日水曜日午前10時、
場所は弊社本社になりますが、
ご都合はいかがでしょうか。

王　：12月11日水曜日午前10時より、御社本社ですね。
はい、伺います。よろしくお願いします。
当日は、履歴書など何か用意しておくものはございますか。

中譯 ☞p. 231

- **就職活動中は、知らない番号・非通知から電話がかかってきても丁寧に対応しよう。** 在求職期間，若有未知電話號碼來電，或者是不顯示號碼的來電都需要禮貌地對應。
- **面接の日時、場所をくり返して確認しよう。**
面試的日程、地點需要再重複一遍表示確認。

2 邊看邊跟讀

❶ 看 p. 96 藍色部分的句子，同時注意聲音的速度一邊默唸。

❷ 接下來注意發音，同時逼真地模仿發音。

＊❷に戻って何度も練習しよう！

＊下の文を重点的に発音練習してみよう。

▶ じゅうにがつじゅういちにちすいようび／
ごぜんじゅうじより、／おんしゃほんしゃですね。

▶ とうじつは、りれきしょなど／
なにかよういしておくものはございますか。

注意
日期、時間要慢慢講，講清楚！

3 直接跟讀

不要看 p. 96 藍色部分的句子，同時如真地模仿發音。

與CD原聲對話！

沒有p. 96藍字部分的音源，練習看看！

PART 2 3-2 グループディスカッションをする⑧

グループディスカッションをする

分組討論

⑨電車の中で会社からの連絡を受ける (1)

坐電車時接到公司打來的電話 (1)

1 聆聽・理解內容

トラン：はい、トラン・ゴック・バオです。

山田　：私、TKYツーリスト人事部採用担当の山田と申します。
　　　　トランさんの携帯電話でよろしいでしょうか。

トラン：はい、そうです。あの、大変申し訳ございません。
　　　　ただ今、電車で移動中でして、いただいた番号に、
　　　　こちらから折り返しお電話させていただいてもよろしいですか。

山田　：ああ、そうですか。わかりました。では、お待ちしています。

中譯 ☞p. 231

Notes

- **電車の中などで電話を受けたときは、そのことを伝えて、できるだけ早くかけ直すようにしよう。**

  在電車上等接到電話時，告知對方實情，然後盡可能迅速回電。

2 邊看邊跟讀

❶ 看 p. 98 藍色部分的句子，同時注意聲音的速度一邊默唸。

❷ 接下來注意發音，同時逼真地模仿發音。

＊❷に戻って何度も練習しよう！

＊下の文を重点的に発音練習してみよう。

▶ ただ˥いま、でんしゃで˥いどうちゅうで˥して、／

いただいたばんご˥うに、／ こちらから˥おりかえし ／

おで˥んわさせていただいて˥も ／ よろし˥いですか。

3 直接跟讀

不要看 p. 98 藍色部分的句子，同時如真地模仿發音。

與CD原聲對話！

沒有p. 98藍字部分的音源，練習看看！

グループディスカッションをする

分組討論

⑩電車の中で会社からの連絡を受ける（2）

坐電車時接到公司打來的電話（2）

1 聆聽・理解內容

山田　：はい、TKY ツーリストです。

トラン：お忙しいところ申し訳ございません。私、先ほどお電話をいただいた、みなと大学のトラン・ゴック・バオと申します。採用担当の山田様はいらっしゃいますか。

山田　：はい、私です。

トラン：先ほどは、失礼いたしました。

山田　：いえいえ。実は、先日受験していただいた一次選考が通過となりましたので、その旨お伝えいたしたく、ご連絡差し上げました。

トラン：あ、ありがとうございます。 中譯 ☞p. 231

Notes

- **電話をかけ直したときは「先ほどお電話をいただいた、○○と申します」と名乗ると、相手にすぐわかってもらえる。**

  回電時先要說「先ほどお電話をいただいた、○○と申します」通報自己的姓名，讓對方能立即理解。

2 邊看邊跟讀

1. 看 p. 100 藍色部分的句子，同時注意聲音的速度一邊默唸。
2. 接下來注意發音，同時逼真地模仿發音。

＊❷に戻って何度も練習しよう！

＊下の文を重点的に発音練習してみよう。

▶ わたくし、さきほどおでんわをいただいた、／
みなとだいがくのトラン・ゴック・バオ ／ ともうします。

▶ さいようたんとうの ／ やまださまはいらっしゃいますか。

▶ さきほどは、しつれいいたしました。

3 直接跟讀

不要看 p. 100 藍色部分的句子，同時如真地模仿發音。

與 CD 原聲對話！

沒有p. 100藍字部分的音源，練習看看！

面接（めんせつ）のマナー　面試禮儀

実際（じっさい）に動（うご）きながら、声（こえ）を出（だ）してやってみましょう。

模擬真實情況，開口練習！

〈受付（うけつけ）で話（はな）す〉　在接待櫃枱的談話

コートは脱（ぬ）いでおこう！

可先將外套脱下來

〈控室（ひかえしつ）で待（ま）つ〉　在接待室等候

〈面接室に入る〉 進入面試室

〈面接官にあいさつし、席まで進む〉 向面試官打招呼，並前往入座

〈自己紹介し、席に座る〉 自我介紹並就座

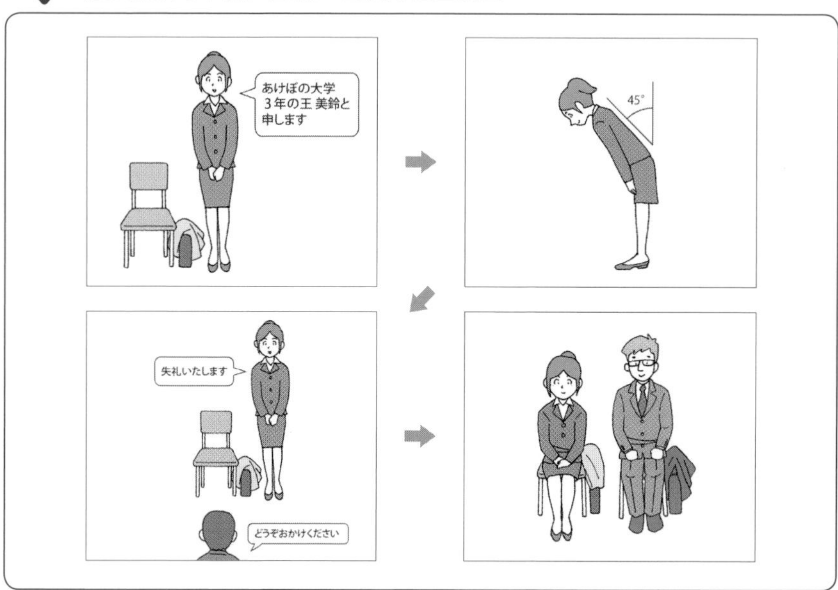

〈面接のお礼を言って、面接室を出る〉 感謝受邀面試，並離開面試室

本日はお時間をいただきありがとうございました。

45°

失礼いたします

30°

最後まで気を抜かないように！

到最後都不可鬆懈！

ビジネスマナー①（おじぎ）

商務禮儀——①（行禮）

社会人として気持ちよく仕事ができるよう､基本的なマナーを身に付けましょう。

學習基本的禮儀，如此一來便能以社會新鮮人的身分愉快地工作。

〈一般的なおじぎ〉 一般行禮

入退室、接客のときなど　進出辦公室、接待客人等等

おじぎの前と後に相手を見よう！

行禮之前或之後都要注視對方

〈軽いおじぎ〉 簡式行禮

出社・退社のときや社内ですれ違ったときなど

上班或是在公司裡錯身而過時等等

〈丁寧なおじぎ〉 鄭重行禮

お礼・お詫びのほか、特別な気持ちを表すとき

致謝、道歉，或是表達特殊情感時

個人面接を受ける
參加單獨面試

①学生生活についての質問に答える
回答學生生活的相關問題

1 聆聽・理解內容

面接官：では、次の質問です。王美玲さん、あなたが大学生活で学業以外にもっとも力を入れたことについて、教えてください。

王　　：学業以外でもっとも力を入れたことは、飲食店でのアルバイトです。最初は生活のためのアルバイトでしたが、小さな工夫や努力が、お客さんの反応として直接返ってくるので、仕事がとても面白くなりました。

面接官：そうですか。小さな工夫と言いましたが、例えばどんなことですか。 中譯 ☞p. 232

Notes

学業以外で力を入れていたことや、その結果学んだことを短く話せるようにしておこう。要事先準備好如何簡要表達除學業以外所下的功夫，以及由此學到的東西。

2 邊看邊跟讀

1. 看 p. 106 藍色部分的句子，同時注意聲音的速度一邊默唸。
2. 接下來注意發音，同時逼真地模仿發音。

＊ 2 に戻って何度も練習しよう！

＊下の文を重点的に発音練習してみよう。

▶ がくぎょういがいで ／ もっともちからをいれたことは、／

いんしょくてんでのアルバイトです。

3 直接跟讀

不要看 p. 106 藍色部分的句子，同時如真地模仿發音。

與 CD 原聲對話！

沒有p. 106藍字部分的音源，練習看看！

個人面接を受ける
參加單獨面試

②志望動機を話す
表達自己的志願動機

1 聆聽・理解內容

面接官：では、弊社を志望した理由について教えてください。

王　　：はい。一番の志望理由は、御社がアジア地域を重視した経営方針をとっていらっしゃるからです。
日本と中国の架け橋になる仕事は何だろうと考えたとき、旅行業界がすぐに浮かびました。そして、業界の中でもアジア地域のツアーを多く企画されている御社なら、自分の学んだことが活かせるのではないかと思いました。

面接官：なるほど。わかりました。 中譯 ☞p. 232

Notes

会社の事業内容をしっかりと調べ、その中で自分は何ができるか、何をしたいかなどをまとめておこう。

事先好好地調查公司的業務內容，先總結好自己能在其中做什麼，想做什麼等等。

2 邊看邊跟讀

❶ 看 p. 108 藍色部分的句子，同時注意聲音的速度一邊默唸。

❷ 接下來注意發音，同時逼真地模仿發音。

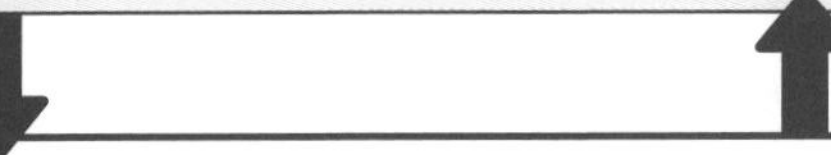

＊❷に戻って何度も練習しよう！

＊下の文を重点的に発音練習してみよう。

190 ポーズ長め

▶ いちばんのしぼうりゆうは、／

おんしゃがアジアちいきをじゅうしした ／

けいえいほうしんをとっていらっしゃるからです。

3 直接跟讀

不要看 p. 108 藍色部分的句子，同時如真地模仿發音。

與CD原聲對話！

沒有p. 108藍字部分的音源，練習看看！

PART 2 3-3 個人面接を受ける②

個人面接を受ける

參加單獨面試

③答えにくい質問に答える

回答難以回答的問題

1 聆聽・理解內容

面接官：それでは、5年後にどうなっていたいか、
あなたの理想像について話してください。

王　　：はい、そうですね…。5年後は御社で着実に経験を積んで、
会社にとって必要な存在になっていたいです。
私は営業職を希望しておりまして、お客様からも同僚からも
頼りにされる存在になっていたいです。

面接官：そうですか。でも、ご家族は、数年後にあなたに帰国して
もらいたいんじゃないですか。

王　　：確かに、当初、両親は帰国を望んでおりました。しかし、
私自身は、御社で世界を視野に入れた旅行業の本質をしっかり
身に付けたいと思っております。以前から両親にはそのことを
話しているので、きっと今は理解していると信じております。

中譯 ☞p. 233

Notes

答えにくい質問もあるので、あらかじめ答え方を考えておこう。

面試中會有一些不易回答的題目，要預先準備好。

2 邊看邊跟讀

❶ 看 p. 110 藍色部分的句子，同時注意聲音的速度一邊默唸。

❷ 接下來注意發音，同時逼真地模仿發音。

＊❷に戻って何度も練習しよう！

＊下の文を重点的に発音練習してみよう。

▸ ごねんごは／おんしゃでちゃくじつにけいけんをつんで、／

かいしゃにとってひつようなそんざいになっていたいです。

3 直接跟讀

不要看 p. 110 藍色部分的句子，同時如真地模仿發音。

與CD原聲對話！

沒有p. 110藍字部分的音源，練習看看！

個人面接を受ける

参加單獨面試

④自己PRをする

自薦

1 聆聽・理解內容

面接官：では、最後に1分ぐらいで自己PRをしてください。

王　：はい。私の強みは「決してあきらめないこと」です。日本に来たばかりのころは、日本語の聞き取りがとても難しく、アルバイト先の店長に毎日注意されて、自信を失いそうになりました。でも、ここであきらめたくないと思い、注意された内容をメモして、同じ失敗をくり返さないようにしました。その結果、注意される回数が減り、努力が認められ、ホールのリーダーを任されるまでになりました。今後も、困難に出あっても決してあきらめずに、努力を積み重ねていきたいと思います。

面接官：わかりました。ありがとうございました。 中譯 ☞p. 233

Notes

- **自己PRは、制限時間内に話せるように準備しておこう。**
  自我推薦時有時間限制，所以要事先準備好。
- **一方的に早口にならないように注意しよう。**
  不要一個勁地說得太快。

2 邊看邊跟讀

1. 看 p. 112 藍色部分的句子，同時注意聲音的速度一邊默唸。
2. 接下來注意發音，同時逼真地模仿發音。

＊ 2 に戻って何度も練習しよう！

＊下の文を重点的に発音練習してみよう。

▶ こんごも、こ˥んなんにであ˥っても ／

けっして˥あきらめ˥ずに、／

ど˥りょくをつみかさ˥ねていきた˥いとおもいます。

No! ともいます

3 直接跟讀

不要看 p. 112 藍色部分的句子，同時如真地模仿發音。

與CD原聲對話！

沒有P.112藍字部分的音源，練習看看！

個人面接を受ける
参加單獨面試

⑤面接が終わり、退室する
面試結束，離開會場

1 聆聽・理解內容

面接官：何か質問はありますか。

王　　：いいえ、ございません。

面接官：それでは、本日はこれで終了です。お疲れさまでした。

王　　：本日はお時間をいただき、ありがとうございました。
どうぞよろしくお願いいたします。

王　　：失礼いたします。

中譯 ☞p. 234

Notes

▶ **最後にドアを静かに閉めるまで気を抜かないようにしよう。** ☞p. 104
結束時，一直到門輕輕關上之前都不要疏忽大意。

2 邊看邊跟讀

❶ 看 p. 114 藍色部分的句子，同時注意聲音的速度一邊默唸。

❷ 接下來注意發音，同時逼真地模仿發音。

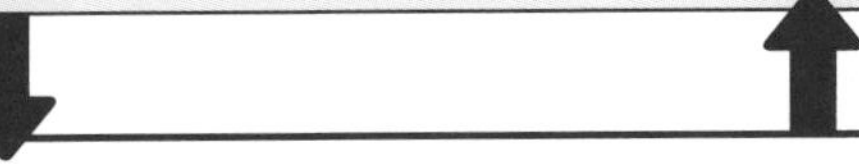

＊❷に戻って何度も練習しよう！

＊下の文を重点的に発音練習してみよう。

▶ ほんじつはおじかんをいただき、／

ありがとうございました。／

どうぞよろしくおねがいいたします。

3 直接跟讀

不要看 p. 114 藍色部分的句子，同時如真地模仿發音。

與CD原聲對話！

沒有p. 114藍字部分的音源，練習看看！

内定の通知を受ける
收到內定通知

①会社から電話で内定の通知を受ける
接聽公司內定通知的電話

1 聆聽・理解內容

王　：はい、王美玲です。

山田：私、TKYツーリスト人事部採用担当の山田と申します。
　　　王さんの携帯電話でよろしいでしょうか。

王　：はい。

山田：先日受けていただいた面接試験の結果、
　　　採用が内定いたしましたので、
　　　お知らせいたします。

王　：はい、ありがとうございます。

山田：今後の手続きなどにつきましては、
　　　また追ってご連絡いたします。

王　：承知いたしました。それでは、
　　　ご連絡をお待ちしております。
　　　ありがとうございました。

中譯 ☞p. 234

Notes

- **「追って連絡する」は「後で連絡する」という意味。**
  「追って連絡する」是「後で連絡する」的意思。
- **相手の指示を理解したら、丁寧に「承知いたしました」と言おう。**
  明白了對方的意思後，禮貌地說「承知いたしました」。

2 邊看邊跟讀

❶ 看 p. 116 藍色部分的句子，同時注意聲音的速度一邊默唸。

❷ 接下來注意發音，同時逼真地模仿發音。

＊下の文を重点的に発音練習してみよう。

▶ しょうちいたしました。／

それでは、ごれんらくをおまちしております。

3 直接跟讀

不要看 p. 116 藍色部分的句子，同時如真地模仿發音。

與CD原聲對話！

沒有p. 116藍字部分的音源，練習看看！

PART 2

内定の通知を受ける
收到內定通知

②就職課にお礼を言いに行く
去求職辦公室道謝

1 聆聽・理解內容

ポーズふつう

王　：こんにちは。ご無沙汰しております。

担当：ああ、王さん。

王　：実は、先日、TKYツーリストから内定をもらいました。

担当：それはよかったですね。おめでとうございます。

王　：ありがとうございます。
　　　今日は、ひとことお礼を申し上げたくて伺いました。

担当：そうですか。それは、わざわざありがとうございます。

王　：これも、相談に乗ってくださったみなさまのおかげです。
　　　どうもありがとうございました。 中譯 ☞p. 234

Notes

- **お世話になった人にはお礼を言いに行こう。**
  親自去感謝關照過自己的人。

- **「ご無沙汰しております」は、しばらくの間連絡をしなかった相手へのあいさつ。**對有一段時間沒有聯繫的人說「ご無沙汰しております」。

2 邊看邊跟讀

❶ 看 p. 118 藍色部分的句子，同時注意聲音的速度一邊默唸。

❷ 接下來注意發音，同時逼真地模仿發音。

＊❷に戻って何度も練習しよう！

＊下の文を重点的に発音練習してみよう。

► きょうは、ひとことおれいをもうしあげたくて ／

うかがいました。

► これも、そうだんにのってくださった ／

みなさまのおかげです。

3 直接跟讀

不要看 p. 118 藍色部分的句子，同時如真地模仿發音。

與CD原聲對話！

沒有p. 118藍字部分的音源，練習看看！

PART 3 新入社員編

しん にゅう しゃ いん へん

新職員篇

アジア商事

営業部第一営業課

佐藤課長

ウン・テック・メン

山下

カリナ

石川

新入社員

総務部
長野

あさひ食品
高橋

みなと水産
橋本

TKY ツーリスト
鈴木

社内の人とのあいさつ

與同事的寒暄

①入社1日目に配属先であいさつする

進公司第一天在所屬部門寒暄

1 聆聽・理解內容

課長：こちら今日からうちの課に配属になったウン・テック・メンさんです。

ウン：本日よりお世話になります、ウン・テック・メンと申します。
ウンと呼んでいただければと思います。
はじめてのことばかりで、いろいろご迷惑をおかけすることも多いと思いますが、ご指導のほど、よろしくお願いいたします。

中譯 ☞p. 237

Notes

名乗るときはフルネームだけでなく「～と呼んでいただければと思います」「よく～と呼ばれております」など、どう呼ばれたいかを伝えよう。

自我介紹時，不單單介紹自己的名字，加上「～と呼んでいただければと思います」「よく～と呼ばれております」等，說明希望對方怎麼稱呼自己。

2 邊看邊跟讀

❶ 看 p. 122 藍色部分的句子，同時注意聲音的速度一邊默唸。

❷ 接下來注意發音，同時逼真地模仿發音。

＊❷に戻って何度も練習しよう！

＊下の文を重点的に発音練習してみよう。

▶ はじめてのことばかりで、／ いろいろごめいわくを ／

おかけすることもおおいとおもいますが、／

ごしどうのほど、／ よろしくおねがいいたします。

～こともおい

～ともいますが

3 直接跟讀

不要看 p. 122 藍色部分的句子，同時如真地模仿發音。

與CD原聲對話！

沒有p. 122藍字部分的音源，練習看看！

PART 3 1 社内の人とのあいさつ①

社内の人とのあいさつ

與同事的寒暄

②前日社内を案内してくれた先輩に翌朝あいさつする 第二天早上向前一天帶自己參觀公司的前輩寒暄

1 聆聽・理解內容

ウン：おはようございます。

山下：あっ、おはよう。

ウン：昨日はいろいろと教えていただき、ありがとうございました。

山下：いえいえ。今日から1週間研修ですね。がんばって！

ウン：はい、がんばります。 中譯 ☞p. 237

Notes

- **お世話になったら、次に会ったとき、そのお礼を必ず言おう。**
  遇見關照過自己的人，要再次道謝。
- **返事は「うん」ではなく「はい」。**
  回應時不要說「うん」，而說「はい」。

2 邊看邊跟讀

❶ 看 p. 124 藍色部分的句子，同時注意聲音的速度一邊默唸。

❷ 接下來注意發音，同時逼真地模仿發音。

＊❷に戻って何度も練習しよう！

＊下の文を重点的に発音練習してみよう。

▶ きのうはいろいろとおしえていただき、／

ありがとうございました。

いろいろとしえて

3 直接跟讀

不要看 p. 124 藍色部分的句子，同時如真地模仿發音。

與CD原聲對話！

沒有p. 124藍字部分的音源，練習看看！

PART 3

社内の人とのあいさつ

與同事的寒暄

③日常のあいさつ

日常寒暄

朝のあいさつ（先輩に）

早上的寒暄（對前輩）

カリナ：おはようございます。

石川　：おはよう。今日も暑いね。

カリナ：ほんとうに暑いですね。

昼間のあいさつ（先輩に）

中午的寒暄（對前輩）

ウン：お疲れさまです。

石川：お疲れさま。3時からの会議の場所、変わったんだよね。

ウン：はい、第2会議室に変更です。

外出する人へのあいさつ（先輩に）

對要外出同事的寒暄（對前輩）

石川　：みなと水産との打ち合わせに行ってきます。

カリナ：いってらっしゃい。

外出から帰ってきた人へのあいさつ（先輩に）

對外出回來同事的寒暄（對前輩）

230 ポーズふつう

石川　：ただ今戻りました。

カリナ：お帰りなさい。お疲れさまでした。

TKY ツーリストさんから伝言を預かっています。こちらです。

石川　：あ、ありがとう。

退社時のあいさつ1（先輩に）

下班時的寒暄 1（對前輩）

231 ポーズふつう

山下：ウンさん、もう帰っても大丈夫ですよ。

ウン：はい。じゃ、お先に失礼します。

山下：お疲れさま。

退社時のあいさつ2（同僚に）

下班時的寒暄 2（對同事）

232 ポーズふつう

ウン　：まだ帰らないの？

カリナ：うん、まだ明日の会議の準備が終わらないんだ。

ウン　：そう、大変だね。じゃ、お先に。

カリナ：お疲れさま。

中譯 ☞p. 237

Notes

あいさつはコミュニケーションの基本。明るくはっきりと言おう。

寒暄是交流的基礎。要積極地清楚地和對方寒暄。

PART 1 社内の人とのあいさつ③

取引先とのあいさつ

與合作公司的寒暄

①取引先を訪問する

拜訪合作公司

1 聆聽・理解內容

山下：お忙しいところお時間をとっていただきありがとうございます。

高橋：いいえ。こちらこそお世話になっております。

山下：この度、私とともに御社を担当させていただくことになりました、
新人のウン・テック・メンです。

ウン：ウン・テック・メンと申します。
どうぞよろしくお願いいたします。

高橋：あさひ食品の高橋と申します。
こちらこそよろしくお願いいたします。 中譯 ☞p. 238

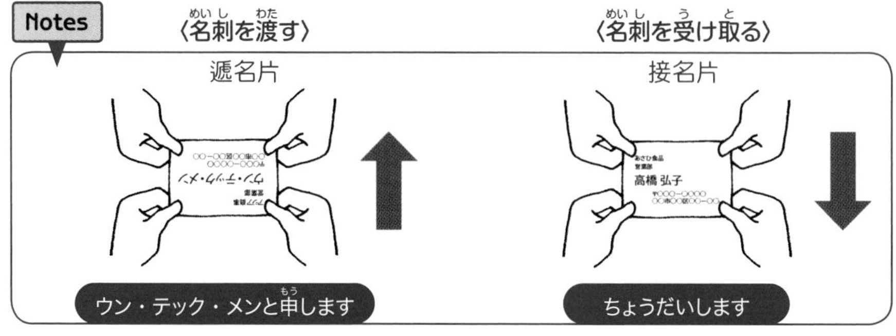

Notes
〈名刺を渡す〉
遞名片
ウン・テック・メンと申します
〈名刺を受け取る〉
接名片
あさひ食品
営業部
高橋 弘子
ちょうだいします

No!

No!

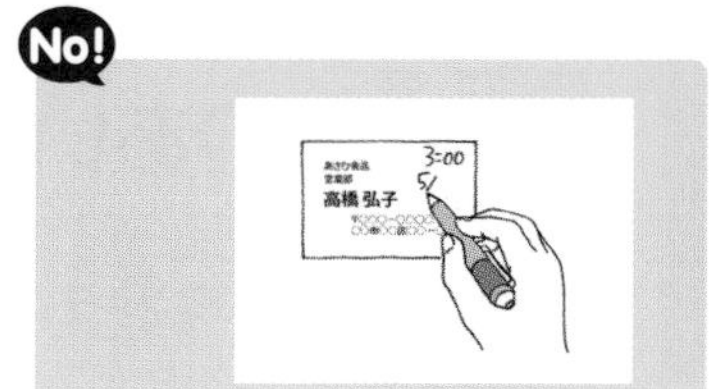

Notes

- **取引先の人とはじめて会うときは、名刺がすぐに出せるようにしておこう。**
  與合作公司的人初次見面時，要事先做好準備以隨時能拿出名片。
- **訪問者、目下の者から先に名刺を出すのが一般的。**
  通常情況下，拜訪者、地位較低的人先出示名片。
- **受け取った名刺はすぐにしまわない。面会中は、座席の順に合わせてテーブルの上に並べておくとよい。**
  收下的名片不要馬上放好。會面時按照座位的順序排列在桌子上。

2 邊看邊跟讀

1. 看 p. 128 藍色部分的句子，同時注意聲音的速度一邊默唸。
2. 接下來注意發音，同時逼真地模仿發音。

3 直接跟讀

不要看 p. 128 藍色部分的句子，同時如真地模仿發音。

與CD原聲對話！

沒有p. 128藍字部分的音源，練習看看！

取引先とのあいさつ

與合作公司的寒暄

②取引先の人を迎える

迎接合作公司的人

1 聆聽・理解內容

ウン：お待たせいたしました。本日はお越しいただき、
ありがとうございます。どうぞ、こちらへ。

ウン：先日はお世話になりました。

高橋：いえいえ、その節はわざわざおいでいただき、
ありがとうございました。 中譯 ☞p. 239

Notes

- **相手よりあとにその場に来たら「お待たせいたしました」を忘れずに。**
  比對方來得晚時不要忘了說「お待たせいたしました」。
- **来客を迎えるときは「本日はお越しいただき～」と言おう。**
  迎接來客時說「本日はお越しいただき～」。
- **お世話になったら、次に会ったとき、そのお礼を必ず言おう。**
  受過關照的，在下次見面時要再次表示感謝。

2 邊看邊跟讀

❶ 看 p. 130 藍色部分的句子，同時注意聲音的速度一邊默唸。

❷ 接下來注意發音，同時逼真地模仿發音。

＊❷に戻って何度も練習しよう！

＊下の文を重点的に発音練習してみよう。

▶ ほんじつはおこしいただき、／

No! おこしただき

ありがとうございます。

▶ せんじつはおせわになりました。

3 直接跟讀

不要看 p. 130 藍色部分的句子，同時如真地模仿發音。

與CD原聲對話！

沒有p. 130藍字部分的音源，練習看看！

PART 3

先輩に聞く

向前輩詢問

①事務用品について聞く

詢問辦公用品事宜

1 聆聽・理解內容

カリナ：石川さん、すみません。
　　　　ちょっとお聞きしてもよろしいですか。

石川　：はい。

カリナ：事務用品が必要な場合は、どうすればいいでしょうか。

石川　：1階の総務に行けば、すぐに用意してくれるよ。

カリナ：はい、わかりました。 ありがとうございました。

中譯 ☞p. 239

Notes

- **質問する前に「ちょっとお聞きしてもよろしいですか」と相手の都合を聞こう。**提問前說「ちょっとお聞きしてもよろしいですか」確認一下對方是否有空。

2 邊看邊跟讀

❶ 看 p. 132 藍色部分的句子，同時注意聲音的速度一邊默唸。

❷ 接下來注意發音，同時逼真地模仿發音。

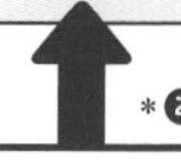

＊❷に戻って何度も練習しよう！

＊下の文を重点的に発音練習してみよう。

▶ ちょっとおききしてもよろしいですか。

ちょっとききしても

▶ じむようひんがひつようなばあいは、／

どうすればいいでしょうか。

～ばいは

3 直接跟讀

不要看 p. 132 藍色部分的句子，同時如真地模仿發音。

與CD原聲對話！

沒有p. 132藍字部分的音源，練習看看！

先輩に聞く

向前輩詢問

②タイムカードについて聞く

詢問打卡事宜

1 聆聽・理解內容

ウン：山下さん、すみません。ちょっとお聞きしてもよろしいですか。

山下：はい、どうぞ。

ウン：課長から、明日の朝あさひ食品で資料を受け取ってから出社するように言われているんですが、タイムカードはどうしたらいいでしょうか。

山下：あ、立ち寄りね。まず、今日中に直行届を出しといてください。明日は出社した時間にタイムカードを押して、課長印をもらっておけばいいんですよ。

ウン：わかりました。ありがとうございました。 中譯 ☞p. 239

Notes

- **「立ち寄り」とは、仕事でほかのところに寄ってから出社すること。**
  「立ち寄り」是指因工作關係先去其他地方，然後再出勤。
- **「直行」とは、自宅から直接、勤務先ではない仕事先に行くこと。**
  「直行」是指從家出發直接去公司以外的工作場所。

2 邊看邊跟讀

ポーズふつう　ポーズ長め

❶ 看 p. 134 藍色部分的句子，同時注意聲音的速度一邊默唸。

❷ 接下來注意發音，同時逼真地模仿發音。

＊❷に戻って何度も練習しよう！

＊下の文を重点的に発音練習してみよう。

ポーズふつう　ポーズ長め

▶ あさひしょくひんでしりょうをうけとってから ／

しゅっしゃするようにいわれているんですが、／

タイムカードはどうしたらいいでしょうか。

どしたら

3 直接跟讀

ポーズふつう

不要看 p. 134 藍色部分的句子，同時如真地模仿發音。

與CD原聲對話！

相手のパートのみ

沒有p. 134 藍字部分的音源，練習看看！

先輩に聞く

向前輩詢問

③遅刻したときの会社への届け出について聞く

詢問遲到時如何呈報

1 聆聽・理解內容

カリナ：石川さん、すみません。ちょっとお聞きしてもよろしいですか。

石川　：はい。

カリナ：今朝、電車が大幅に遅れて遅刻してしまったんですが、どのような手続きが必要でしょうか。

石川　：ああ、遅刻届に遅延証明書を付けて、佐藤課長に提出してください。遅刻届は１階の総務にあるから。

カリナ：はい、わかりました。ありがとうございました。

中譯 ☞p. 240

Notes

- **会社への届け出は早めにきちんとしよう。**
  向公司呈報越早越好。
- **電車の遅延の理由には、人身事故・車両故障・信号機のトラブルなどがある。遅延証明書は、駅の改札や鉄道会社のウェブサイトから入手できる。**電車延誤的原因有人身事故、車廂故障、信號燈故障等。延遲證明書在車站的檢票口或鐵路公司的官網上都能索取。

2 邊看邊跟讀

ポーズふつう　ポーズ長め

❶ 看 p. 136 藍色部分的句子，同時注意聲音的速度一邊默唸。

❷ 接下來注意發音，同時逼真地模仿發音。

＊❷に戻って何度も練習しよう！

＊下の文を重点的に発音練習してみよう。

ポーズふつう　ポーズ長め

▶ けさ、でんしゃがおおはばにおくれて／

ちこくしてしまったんですが、／

どのようなてつづきがひつようでしょうか。

ひちょーでしょうか

3 直接跟讀

ポーズふつう

不要看 p. 136 藍色部分的句子，同時如真地模仿發音。

與CD原聲對話！

相手のパートのみ

沒有p. 136藍字部分的音源，練習看看！

PART 3

先輩に聞く

向前輩詢問

④退社する前に、先輩にひとこと聞く

下班前詢問前輩要不要幫忙

1 聆聽・理解內容

ウン：山下さん、何かお手伝いすることはありますか。

山下：ありがとう。でも、今日は特にないから、帰っていいですよ。

ウン：そうですか。それじゃ、お先に失礼します。

中譯 ☞p. 240

Notes

- **自分の仕事が終わったら、先輩に手伝うことがあるか、声をかけてみよう。**
  自己的工作做完以後，問一下前輩有沒有需要幫忙的。

2 邊看邊跟讀

❶ 看 p. 138 藍色部分的句子，同時注意聲音的速度一邊默唸。

❷ 接下來注意發音，同時逼真地模仿發音。

＊❷に戻って何度も練習しよう！

＊下の文を重点的に発音練習してみよう。

▶ なにかおてつだいすることはありますか。

3 直接跟讀

不要看 p. 138 藍色部分的句子，同時如真地模仿發音。

與CD原聲對話！

沒有p. 138藍字部分的音源，練習看看！

どっちが適切? 哪個恰當?

次のようなとき、A,Bどちらの言い方が適切ですか。考えてみましょう。

請想想，以下 A、B 的說法，哪個恰當？

①職場で、課長に頼んでいます。

在職場，向課長請託。

A：明後日までに、この書類に目を通してください。

B：明後日までに、この書類に目を通していただけますか。

②お客様を部屋に案内しました。

帶領客人進辦公室。

A：こちらにおかけください。

B：こちらにおかけいただけませんか。

③体の調子が悪く、早退したいです。

身體不適，想提早離開。

A：課長、申し訳ありませんが、早く帰っていただけませんか。

B：課長、申し訳ありませんが、早く帰らせていただけませんか。

① 答えはB

「～てください」は「依頼」というより「指示・軽い命令」のように聞こえる場合があります。「～てもらえますか」「～ていただけますか」のような、相手の意向を聞くような表現を使うと相手も気持ちよく依頼を受けることができます。さらに、これに「すみませんが」「お手数をおかけしますが」のようなクッション言葉を使えば完璧です。

雖說「～てください」是請求，聽起來更像是指示或輕微的命令。使用「～てもらえますか」「～ていただけますか」這種詢問對方的意向如何的表達，能讓對方更加欣然接受自己的請求。再加上「すみません」「お手数をおかけしますが」這類緩衝語的話就更完美了。

② 答えはA

「お～ください」は相手に何かを勧めたり指示したりするときに使う敬語表現です。この場合、お客さんに何かをしてもらうわけではないので、「お～いただけませんか」は使いません。

「お～ください」是向對方提出建議時使用的敬語表達。這時，並不是請求對方做什麼，所以不說「お～いただけませんか」。

③ 答えはB

「帰っていただけませんか」だと、帰る人は課長になってしまいます。許可を求める敬語表現は「～(さ)せていただけませんか」です。動詞の活用を間違えると、相手がびっくりしてしまう場面もあるので、気をつけましょう。

說「帰っていただけませんか」的話，意思變成回去的人是社長。請求對方許可時使用的敬語是「～(さ)せていただけませんか」。動詞活用使用錯誤的話，可能會讓對方不解且吃驚，要注意。

社内の人からの電話を取り次ぐ

轉接公司內部同事的電話

①内線からの電話を取り次ぐ

轉接分機電話

1 聆聽・理解內容

ウン：はい、営業部第一営業課ウンです。

長野：総務の長野ですが、山下さんいますか。

ウン：今日は、午後からの出社となって
いますが…。

長野：ああ、そうですか。

ウン：何かお伝えしましょうか。

長野：じゃ、出社したらすぐ電話をくださいと伝えてもらえますか。

ウン：承知しました。総務部の長野さんに
お電話するよう伝えます。

長野：じゃ、お願いします。

ウン：失礼します。

中譯 ☞p. 240

Notes

- **新人は社内の人に対しても丁寧な言葉づかいを心がけよう。**
新人對公司裡的其他同事也要措辭禮貌。

- **取り次ぎたい人が不在の場合は「何かお伝えしましょうか」と伝言が必要かどうか聞こう。** 轉接的對象不在時，要說「何かお伝えしましょうか」問一下對方是否有需要轉告的事宜。

- **相手の指示を理解したら、丁寧に「承知しました」と言おう。**
理解對方的指示後，鄭重地說「承知しました」。

2 邊看邊跟讀

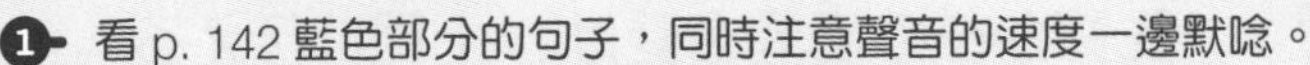

1. 看 p. 142 藍色部分的句子，同時注意聲音的速度一邊默唸。
2. 接下來注意發音，同時逼真地模仿發音。

＊ ❷ に戻って何度も練習しよう！

＊下の文を重点的に発音練習してみよう。

▶ きょうは、ごごからのしゅっしゃとなっていますが…。

▶ なにかおつたえしましょうか。

注意
小心，聽起來不要像「～ますか」！

▶ しょうちしました。／
そうむぶのながのさんに ／ おでんわするようつたえます。

3 直接跟讀

不要看 p. 142 藍色部分的句子，同時如真地模仿發音。

與CD原聲對話！

沒有p. 142藍字部分的音源，練習看看！

PART 3

社内の人からの電話を取り次ぐ

轉接公司內部同事的電話

②先輩からの伝言を受け、上司に伝える

把前輩的話轉達給上司

1 聆聽・理解內容

ポーズふつう

カリナ：はい、アジア商事営業部第一営業課でございます。

石川　：あ、カリナさん、おはよう。
　　　　石川だけど、課長にかわってもらえる？

カリナ：課長は今、電話中ですが…。

石川　：じゃ、課長に伝えてもらいたいんだけど、
　　　　銀座線が人身事故で30分ぐらい遅れそうなんだ。

カリナ：わかりました。課長にその旨伝えます。
　　　　どうぞお気をつけて。

石川　：はい。じゃ、よろしく。

カリナ：課長、先ほど石川さんから電話があって…。
　　　　銀座線が人身事故で30分ほど遅れるとのことです。

課長　：そうですか。わかりました。

中譯 ☞p. 241

Notes

- **「○○さんから、～とのことです」と、誰からどんな伝言があったかきちんと伝えよう。**

  傳達留言時，要清楚完整地說「○○さんから、～とのことです」。

- **「お気をつけて」は、どこかに向かう相手を気づかって言う言葉。**

  「お気をつけて」是對正前往某處的人表示關心的用語。

2 邊看邊跟讀

❶ 看 p. 144 藍色部分的句子，同時注意聲音的速度一邊默唸。

❷ 接下來注意發音，同時逼真地模仿發音。

＊❷に戻って何度も練習しよう！

＊下の文を重点的に発音練習してみよう。

▶ わかりました。／かちょうにそのむねつたえます。

▶ どうぞおきをつけて。

▶ ぎんざせんがじんしんじこで／
さんじゅっぷんほどおくれるとのことです。

3 直接跟讀

不要看 p. 144 藍色部分的句子，同時如真地模仿發音。

與 CD 原聲對話！

沒有p. 144藍字部分的音源，練習看看！

取引先からの電話を取り次ぐ

轉接合作公司的電話

①取り次ぎたい人が席にいる

轉接的對象在座時

1 聆聽・理解內容

ウン：お電話ありがとうございます。
　　　アジア商事営業部第一営業課でございます。

高橋：あさひ食品の高橋と申します。

ウン：あ、高橋さん。
　　　いつもお世話になっております。

高橋：こちらこそお世話になっております。
　　　佐藤課長はいらっしゃいますか。

ウン：はい、少々お待ちください。

ウン：課長、あさひ食品の高橋様から
　　　1番にお電話です。

中譯 ☞p. 241

Notes

- **「お電話ありがとうございます」「お世話になっております」など、電話の出方は会社によって違う。** 接電話時要說「お電話ありがとうございます」還是說「お世話になっております」因公司而異。
- **電話を取り次ぐときは、必ず保留ボタンを押そう。**
  轉接電話時，務必記住按保留鍵。

2 邊看邊跟讀

❶ 看 p. 146 藍色部分的句子，同時注意聲音的速度一邊默唸。

❷ 接下來注意發音，同時逼真地模仿發音。

＊❷に戻って何度も練習しよう！

＊下の文を重点的に発音練習してみよう。

► おでんわありがとうございます。／

アジアしょうじえいぎょうぶ／

だいいちえいぎょうかでございます。

► かちょう、／あさひしょくひんのたかはしさまから／

いちばんにおでんわです。

3 直接跟讀

不要看 p. 146 藍色部分的句子，同時如真地模仿發音。

與CD原聲對話！

沒有p. 146藍字部分的音源，練習看看！

取引先からの電話を取り次ぐ

轉接合作公司的電話

②取り次ぎたい人が外出している

轉接的對象外出時

1 聆聽・理解內容

高橋：佐藤課長はいらっしゃいますか。

ウン：はい、少々お待ちください。

ウン：申し訳ございません。佐藤は、ただ今外出しております。
2時過ぎには戻る予定ですが、いかがいたしましょうか。

高橋：では、そのころ、またかけ直します。

ウン：申し訳ございません。
お手数をおかけしますが、
よろしくお願いいたします。

高橋：では、失礼します。

ウン：失礼いたします。 中譯 ☞p. 242

Notes

- **取り次ぎたい人が電話に出られないときは、戻る時間などの情報を伝えて「いかがいたしましょうか」と相手の意向を聞こう。**
  轉接的對象無法接聽電話時，告知對方其回來的時間等資訊之後說「いかがいたしましょうか」確認對方的意向。
- **「お手数をおかけしますが」は相手への配慮を示す。** ☞p. 32
  說「お手数をおかけしますが」表示考慮到對方的情況。
- **相手が電話を切ってから切ろう。**　等對方掛斷電話之後再掛。

2 邊看邊跟讀

1. 看 p. 148 藍色部分的句子，同時注意聲音的速度一邊默唸。
2. 接下來注意發音，同時逼真地模仿發音。

＊2に戻って何度も練習しよう！

＊下の文を重点的に発音練習してみよう。

▶ さとうは、ただいま ／ がいしゅつしております。

▶ にじすぎにはもどるよていですが、／ いかがいたしましょうか。

▶ おてすうをおかけしますが、／

よろしくおねがいいたします。

No! おてすを

3 直接跟讀

不要看 p. 148 藍色部分的句子，同時如真地模仿發音。

與CD原聲對話！

沒有p. 148藍字部分的音源，練習看看！

取引先からの電話を取り次ぐ

轉接合作公司的電話

③取り次ぎたい人が席を外している

轉接的對象離開座位時

1 聆聽・理解內容

高橋：佐藤課長はいらっしゃいますか。

ウン：はい、少々お待ちください。

ウン：申し訳ございません。
佐藤は、ただ今席を外しておりますが…。

高橋：では、伝言をお願いいたします。昨日いただいた見積りの件で、今日の2時ごろまでにお電話いただきたいと伝えていただけますか。

ウン：昨日差し上げた見積りの件で、本日の2時ごろまでに高橋様にお電話するということでよろしいでしょうか。

高橋：はい。

ウン：では、佐藤にその旨申し伝えます。

中譯 ☞p. 242

Notes

- **伝言は必ずメモに取って「～ということでよろしいでしょうか」と内容を確認しよう。** 需要轉告的事宜必須寫下來，同時用「～ということでよろしいでしょうか」向對方確認內容。
- **相手の敬語をくり返さないように注意（いただいた⇒差し上げた）。** ☞p. 162
注意不要照搬對方說的敬語。（いただいた⇒差し上げた）
- **「その旨申し伝えます」は「自分の会社の人に伝言を伝える」という意味。**
「その旨申し伝えます」的意思是「向自己公司內部的人轉告此事」。

2 邊看邊跟讀

ポーズふつう　ポーズ長め

1. 看 p. 150 藍色部分的句子，同時注意聲音的速度一邊默唸。
2. 接下來注意發音，同時逼真地模仿發音。

＊❷に戻って何度も練習しよう！

ポーズふつう　ポーズ長め

＊下の文を重点的に発音練習してみよう。

▶ さくじつさしあげたみつもりのけんで、／ほんじつのにじごろまでに／たかはしさまにおでんわする／ということでよろしいでしょうか。

▶ では、さとうにそのむね／もうしつたえます。

No! もしつたえます

3 直接跟讀

ポーズふつう

不要看 p. 150 藍色部分的句子，同時如真地模仿發音。

與 CD 原聲對話！

相手のパートのみ

沒有 p. 150 藍字部分的音源，練習看看！

PART 3

取引先からの電話を取り次ぐ

轉接合作公司的電話

④取り次ぎたい人が１週間不在にしている

轉接的對象 1 個星期不在時

1 聆聽・理解內容

高橋：佐藤課長はいらっしゃいますか。

ウン：佐藤は、あいにく今週いっぱい不在にしておりますが…。

高橋：そうですか。じゃ、来週の月曜日にまたお電話します。

ウン：はい、承知しました。
では、お電話があったことを佐藤に申し伝えます。

高橋：はい、よろしくお願いいたします。

中譯 ☞p. 242

Notes

- **不在の理由を相手に伝えるかどうかは会社によって対応が違うので、周りの人に確認しよう。**
  是否要告知不在公司的理由，因公司而異，請向身邊的同事確認。
- **「あいにく」は、ここでは「申し訳ないことですが」という意味。**
  「あいにく」在這裡意思是「對您相當不好意思」。

2 邊看邊跟讀

❶ 看 p. 152 藍色部分的句子，同時注意聲音的速度一邊默唸。

❷ 接下來注意發音，同時逼真地模仿發音。

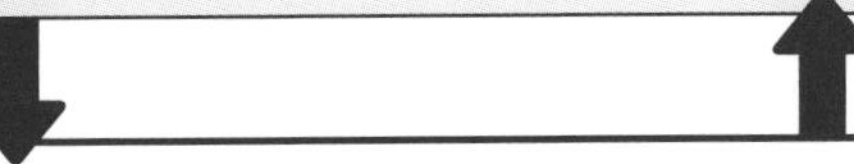

＊❷に戻って何度も練習しよう！

＊下の文を重点的に発音練習してみよう。

▶ さとうは、あいにく／

No! さとうわいにく

こんしゅういっぱい／

ふざいにしておりますが…。

3 直接跟讀

不要看 p. 152 藍色部分的句子，同時如真地模仿發音。

與CD原聲對話！

沒有p. 152藍字部分的音源，練習看看！

取引先からの電話を取り次ぐ

轉接合作公司的電話

⑤取り次ぎたい人がほかの電話に出ている（1）

轉接的對象正在電話中時（1）

1 聆聽・理解內容

鈴木　：TKYツーリストの鈴木と申します。
　　　　いつもお世話になっております。

カリナ：こちらこそお世話になっております。

鈴木　：佐藤課長はいらっしゃいますか。

カリナ：申し訳ございません。
　　　　佐藤はただ今ほかの電話に出ておりまして…。

鈴木　：そうですか。

カリナ：佐藤から、折り返し鈴木様にお電話するように
　　　　いたしましょうか。

鈴木　：はい、そうしていただけると
　　　　助かります。

カリナ：承知しました。

中譯 ☞p. 243

Notes

- **「お世話になっております」と言われたら「こちらこそ～」と言おう。**
  別人說「お世話になっております」之後，要回應說「こちらこそ～」。

- **「折り返し」は「すぐにこちらから電話をする」という意味。**
  「折り返し」的意思是「我們會馬上回撥給您」。

2 邊看邊跟讀

❶ 看 p. 154 藍色部分的句子，同時注意聲音的速度一邊默唸。

❷ 接下來注意發音，同時逼真地模仿發音。

＊❷に戻って何度も練習しよう！

＊下の文を重点的に発音練習してみよう。

▶ もうしわけございません。／さとうはただいま／ほかのでんわにでておりまして…。

▶ さとうから、おりかえし／すずきさまにおでんわするように／いたしましょうか。

3 直接跟讀

不要看 p. 154 藍色部分的句子，同時如真地模仿發音。

與CD原聲對話！

沒有p. 154藍字部分的音源，練習看看！

取引先からの電話を取り次ぐ

轉接合作公司的電話

⑥取り次ぎたい人がほかの電話に出ている (2)

轉接的對象正在電話中時（2）

1 聆聽・理解內容

カリナ：念のため、お電話番号をいただけますか。

鈴木　：はい、電話番号は03-3459-9620です。

カリナ：くり返します。
TKYツーリストの鈴木様、
お電話番号は03-3459-9620ですね。

鈴木　：はい、そうです。

カリナ：営業部第一営業課のカリナが承りました。

鈴木　：では、よろしくお願いします。
失礼します。

カリナ：失礼いたします。

中譯 ☞p. 243

Notes

- **相手の連絡先は「念のため～」と必ず聞き、確認のためにくり返そう。**
  詢問別人的聯繫方式時必須說「念のため～」，還要再確認一遍。
- **伝言を受けたら、「○○が承りました」と自分の名前と所属を伝えよう。**
  接受別人的留言之後說「○○が承りました」，把自己的名字和所屬部門清楚地告知對方。
- **数字はゆっくりはっきり言おう。**　數字要慢慢地清楚地說。

2 邊看邊跟讀

❶ 看 p. 156 藍色部分的句子，同時注意聲音的速度一邊默唸。

❷ 接下來注意發音，同時逼真地模仿發音。

＊❷に戻って何度も練習しよう！

＊下の文を重点的に発音練習してみよう。

► ねんのため、／おでんわばんごうをいただけますか。

► えいぎょうぶ／だいいちえいぎょうかの／
カリナがうけたまわりました。

3 直接跟讀

不要看 p. 156 藍色部分的句子，同時如真地模仿發音。

與CD原聲對話！

沒有p. 156藍字部分的音源，練習看看！

緊急の電話連絡をする
打電話聯絡緊急事宜

①電車の遅延で遅刻することを伝える
轉告因電車誤點而遲到

1 聆聽・理解內容

山下　：はい、アジア商事営業部第一営業課です。

カリナ：おはようございます。すみません、カリナです。
山手線が車両故障でストップしていて、
30分ぐらい遅れると思います。申し訳ありません。

山下　：はい、わかりました。気をつけてね。 中譯 ☞p. 243

Notes

- **遅刻するときは、メールではなく、電話で会社に連絡しよう。**

  要遲到的時候，不要發郵件，要打電話直接通知公司。

2 邊看邊跟讀

❶ 看 p. 158 藍色部分的句子，同時注意聲音的速度一邊默唸。

❷ 接下來注意發音，同時逼真地模仿發音。

＊❷に戻って何度も練習しよう！

＊下の文を重点的に発音練習してみよう。

▶ さんじゅっぷんぐらい／

おくれるとおもいます。

～ともいます

3 直接跟讀

不要看 p. 158 藍色部分的句子，同時如真地模仿發音。

與CD原聲對話！

沒有p. 158藍字部分的音源，練習看看！

緊急の電話連絡をする

打電話聯絡緊急事宜

②病気で会社を休むことを伝える

轉告因生病想要請假

1 聆聽・理解內容

山下：おはようございます。
アジア商事営業部第一営業課でございます。

ウン：おはようございます。ウンです。

山下：あ、ウンさん、山下です。どうしたの？

ウン：昨晩から38度台の熱が出てしまって、
今日は休ませていただきたいんですが…。

山下：大丈夫？

ウン：はい。申し訳ありませんが、課長にその
ようにお伝えいただけますでしょうか。

山下：わかりました。じゃ、お大事に。

ウン：ありがとうございます。失礼します。

中譯 ☞p. 244

Notes

- **病気などで急に会社を休むときは、必ず上司に電話で連絡しよう。上司が不在の場合は伝言を頼むこと。**
  因為生病等緊急原因向公司請假時，必須打電話通報上司。上司不在時請同事轉告。

- **「お大事に」は、相手や相手の家族が病気・けがなどのときに使う。**
  對方或是對方的家人生病、受傷等情況下說「お大事に」。

2 邊看邊跟讀

❶ 看 p. 160 藍色部分的句子，同時注意聲音的速度一邊默唸。

❷ 接下來注意發音，同時逼真地模仿發音。

＊❷に戻って何度も練習しよう！

＊下の文を重点的に発音練習してみよう。

► さくばんからさんじゅうはちどだいのねつがでてしまって、／

きょうはやすませていただきたいんですが…。

注意
「いん」不要加強！

► もうしわけありませんが、／かちょうにそのように／

おつたえいただけますでしょうか。

3 直接跟讀

不要看 p. 160 藍色部分的句子，同時如真地模仿發音。

與CD原聲對話！

沒有p. 160藍字部分的音源，練習看看！

伝言を受ける 聽取留言

伝言を受けてくり返すときは、相手の言葉をそっくりそのままくり返さないように気をつけましょう。

聽完留言的內容再複誦時，切記不要照搬對方說的內容。

◆ウンさんは取引先の高橋さんから佐藤課長への伝言を頼まれました。

Un 向佐藤課長傳達合作公司高橋小姐的留言。

A, Bどちらの言い方が適切ですか。

A、B 哪種說法更妥當？

高橋：佐藤課長にお電話いただくよう伝えていただけますか。
ウン：はい、承知しました。〔A 佐藤　　B 佐藤課長〕が戻りましたら、
　　　高橋様に〔A お電話する　　B お電話いただく〕よう申し伝えます。

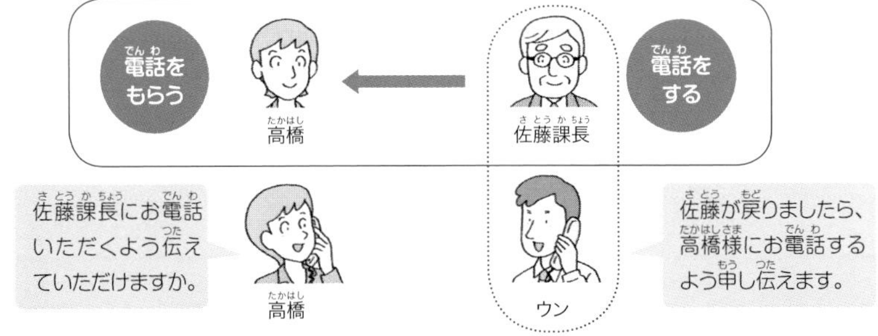

▷ 社長・部長・課長などの役職名には敬称が含まれています。佐藤課長は自分の会社の人なので、他社の人には「課長」を付けず、「佐藤」と言いましょう。

社長、部長、經理等職稱也含有尊敬的意思。佐藤課長是自己所屬公司的人，所以向其他公司的人提及時，不加「課長」而直接說「佐藤」。

▷ 自分の会社の佐藤課長が他社の高橋さんに電話をするので、相手（高橋さん）を立てる謙譲語「お～する」を使います。

由於是自己所屬公司的佐藤課長打電話給其他公司的高橋小姐，所以使用抬高對方（高橋小姐）身份的謙讓語「お～する」。

答え：　A　A

練習してみましょう！ 練習

(1)

ご担当の方に明日来ていただくようお伝えいただけますか。

承知しました。〔A 担当の者　B ご担当の方〕に、明日〔A 来ていただく　B 伺う〕よう申し伝えます。

(2)

明日午後２時に弊社会議室でとお伝えください。

はい、明日午後２時に〔A 弊社　B 御社〕会議室ですね。営業部のウンが確かに承りました。

(3)

あの、ご担当はどなたでしょうか。

失礼しました。〔A ご担当　B 担当〕は〔A カリナ　B カリナさん〕です。よろしくお願いいたします。

伝言メモ

6月13日（月）　午後2時40分　ウン 受

TO：佐藤課長

FROM：あさひ食品　高橋様

☑ お電話ください　☎ 03-5000-2450

☐ また電話します

☐ 用件は下記のとおりです。

____

答え：（1）A　B　（2）B　（3）B　A

PART 3

上司から指示を受ける

接受上司的指示

①上司から伝言を頼まれる

上司有事要轉告時

1 聆聽・理解內容

課長：ウンさん、ちょっといいですか。

ウン：はい、何でしょうか。

課長：山下さんが外出先から戻ってきたら、私の代わりに今日の午後３時からの会議に出席するように伝えておいてもらえますか。

ウン：はい、今日の午後３時からの会議ですね。
承知しました。そのように伝えます。

課長：えっと、場所は大会議室で。
あと、これ、会議の資料なんだけど、渡しといてください。

ウン：承知しました。

課長：じゃ、お願いしますね。

中譯 ☞p. 244

Notes

- **仕事や伝言を頼まれたら、確認のために、日時や場所などのpointをくり返そう。**
  接受工作或是留言之後，要把時間地點等重要資訊再確認一遍。

2 邊看邊跟讀

❶ 看 p. 164 藍色部分的句子，同時注意聲音的速度一邊默唸。

❷ 接下來注意發音，同時逼真地模仿發音。

＊❷に戻って何度も練習しよう！

＊下の文を重点的に発音練習してみよう。

▶ はい、なんでしょうか。

No! なんでしょうか

▶ しょうちしました。／そのようにつたえます。

3 直接跟讀

不要看 p. 164 藍色部分的句子，同時如真地模仿發音。

與CD原聲對話！

沒有p. 164 藍字部分的音源，練習看看！

上司から指示を受ける

接受上司的指示

②上司からの指示を伝える

轉告上司的留言時

1 聆聽・理解內容

山下：ただ今、戻りました。

ウン：お疲れさまです。山下さん、課長から伝言です。

山下：はい、何でしょう。

ウン：課長の代わりに午後３時の会議に出席してほしいそうです。

山下：あ、そう。３時からの会議ですね。

ウン：はい、３時から大会議室であるそうです。
　　　あと、こちら課長からお預かりした資料です。

山下：わかりました。ありがとう。 中譯 ☞p. 244

Notes

▶ **伝言内容は、日時や場所などのpointをメモに書き、伝えよう。**

把時間、地點等重要的留言內容寫下來，再轉告。

2 邊看邊跟讀

❶ 看 p. 166 藍色部分的句子，同時注意聲音的速度一邊默唸。

❷ 接下來注意發音，同時逼真地模仿發音。

＊❷に戻って何度も練習しよう！

＊下の文を重点的に発音練習してみよう。

▶ かちょうからでんごんです。

▶ かちょうのかわりに ／
ごごさんじのかいぎにしゅっせきしてほしいそうです。

「そう」不要加強！

3 直接跟讀

不要看 p. 166 藍色部分的句子，同時如真地模仿發音。

與CD原聲對話！

沒有p. 166藍字部分的音源，練習看看！

上司から指示を受ける

接受上司的指示

③上司から仕事を頼まれる

接受上司安排的工作

1 聆聽・理解內容

課長　：カリナさん、この資料のデータをグラフにしてもらえますか。

カリナ：はい。いつまでに仕上げればよろしいでしょうか。

課長　：ちょっと量が多いけど、明後日のみなと水産との打ち合わせに必要なんで、明日のお昼までにできそうですか。

カリナ：明日のお昼までに、ですね。承知しました。

課長　：みなと水産との打ち合わせ前に一度目を通しておきたいんで、よろしく頼みますよ。

カリナ：はい。 中譯 ☞p. 245

Notes

- **仕事を頼まれたら、まず締め切りを確認しよう。**
  接下工作之前，要先確認需要完成的期限。
- **「できそうですか」は「できるかどうか」を聞いているのではなく、「してください」と指示をしている場合が多い。**
  安排工作的人說「できそうですか」的用意通常不是在問「能不能完成」，大多是指「請完成」的直接指示。

2 邊看邊跟讀

❶ 看 p. 168 藍色部分的句子，同時注意聲音的速度一邊默唸。

❷ 接下來注意發音，同時逼真地模仿發音。

＊❷に戻って何度も練習しよう！

＊下の文を重点的に発音練習してみよう。

► いつまでにしあげればよろしいでしょうか。

よろしいでしょうか↗

3 直接跟讀

不要看 p. 168 藍色部分的句子，同時如真地模仿發音。

與CD原聲對話！

沒有p. 168藍字部分的音源，練習看看！

上司から指示を受ける

接受上司的指示

④上司にスケジュールを相談する

向上司確認日程

1 聆聽・理解內容

カリナ：課長、お忙しいところすみません。明日のみなと水産との会議の資料のことでご相談したいんですが…。

課長　：何ですか。

カリナ：今日のお昼までということでしたが、もう少しかかりそうなんです。午後２時まで待っていただけないでしょうか。

課長　：そうですか…。じゃ、大変でしょうが、頼みますよ。

カリナ：ご迷惑をおかけして申し訳ありません。

中譯 ☞p. 245

Notes

- **相談や頼み事などをするときは「お忙しいところすみません」と、ひとこと言ってから話そう。** ☞p. 32
  商量或是有事拜託時，說「お忙しいところすみません」之後再開始說自己要說的內容。

- **締め切りに間に合わないときは早めに相談しよう。遅れる場合は具体的な時間を言ったほうがいい。** ☞p. 196
  在預定完成工作期限之前無法完成時，要儘量提前告知對方。遲交時說清楚具體拖延到什麼時候比較好。

2 邊看邊跟讀

❶ 看 p. 170 藍色部分的句子，同時注意聲音的速度一邊默唸。

❷ 接下來注意發音，同時逼真地模仿發音。

＊❷に戻って何度も練習しよう！

＊下の文を重点的に発音練習してみよう。

▸ あしたのみなとすいさんとの／かいぎのしりょうのことで／ごそうだんしたいんですが…。

「いん」不要加強！

▸ ごごにじまで／まっていただけないでしょうか。

▸ ごめいわくをおかけして／もうしわけありません。

3 直接跟讀

不要看 p. 170 藍色部分的句子，同時如真地模仿發音。

與CD原聲對話！

沒有p. 170藍字部分的音源，練習看看！

PART 3

上司に叱られる

被上司叱責

①取引先への連絡が遅れ、上司に叱られる

沒有及時聯絡合作公司，被上司叱責

1 聆聽・理解內容

課長：ウンさん、明後日のあさひ食品との打ち合わせだけど、開始時間の変更について高橋さんから返事はもらっていますか。

ウン：あ、申し訳ありません。
まだ変更の連絡を入れておりませんでした。

課長：え、まだだったの？　会議は明後日ですよ。

ウン：大変申し訳ございません。今すぐお電話します。

課長：お願いしますよ。

ウン：はい、申し訳ございませんでした。以後、気をつけます。

中譯 ☞p. 245

Notes

▶ **仕事上のミスをしたときは、まず謝ること。そして最後に「以後、気をつけます」とひとこと添えよう。** 工作上失誤時首先要誠懇的道歉，最後還要追加一句「以後、気をつけます」。

2 邊看邊跟讀

❶ 看 p. 172 藍色部分的句子，同時注意聲音的速度一邊默唸。

❷ 接下來注意發音，同時逼真地模仿發音。

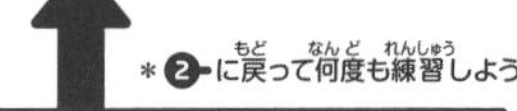

＊❷に戻って何度も練習しよう！

＊下の文を重点的に発音練習してみよう。

▶ たいへんもうしわけございません。／いますぐおでんわします。

▶ もうしわけございませんでした。／

いご、きをつけます。

No! いこう

No! きょーつけます

3 直接跟讀

不要看 p. 172 藍色部分的句子，同時如真地模仿發音。

與CD原聲對話！

沒有p. 172藍字部分的音源，練習看看！

上司に叱られる

被上司叱責

②上司に叱られ、先輩になぐさめられる

被上司叱責後受到前輩的安慰

飲み会の誘いを受ける

接受邀請

石川：ウンさん、今晩、空いてる？
一緒に飲みに行かない？

ウン：あ、はい。ご一緒します。

居酒屋でビールを飲みながら話す

在居酒屋邊喝酒邊聊天

石川：ウンさん、お疲れさま。一杯どうぞ。

ウン：ありがとうございます。いただきます。あ、石川さんもどうぞ。
すみません、気がつかなくて…。

石川：ああ、ありがとう。

石川：今日はちょっと大変だったね。
新人のときはいろいろある
けど、みんな同じだよ。

ウン：ありがとうございます。
がんばります。

先輩(せんぱい)にごちそうになる

前輩請客

336 ポーズふつう

店員(てんいん)：5,800円(えん)です。

石川(いしかわ)：ああ、ウンさん、ここはいいよ。ぼくが払(はら)うから。

ウン：あ、ありがとうございます。では、遠慮(えんりょ)なくごちそうになります。

中譯 ☞p. 246

Notes

- **ビールなどは、先(さき)に自分(じぶん)から上司(じょうし)や先輩(せんぱい)につぐようにしよう。**

  啤酒等飲料，首先要主動倒給上司或前輩。

- **支払(しはら)いは割(わ)り勘(かん)が普通(ふつう)だが、上司(じょうし)や先輩(せんぱい)がおごってくれる場合(ばあい)は遠慮(えんりょ)なくごちそうになろう。**

  付錢時通常都是平均分攤。上司或前輩主動要請客時不要推辭，欣然接受就好。

アポイントメントをとる

約定見面時間

①上司に相談する

與上司商量

1 聆聽・理解內容

カリナ：すみません、課長、今、お時間よろしいですか。

課長　：ああ、いいですよ。

カリナ：次回のみなと水産との打ち合わせですが、一緒に行っていただけないでしょうか。価格の話になると思いますので。

課長　：わかりました。そうしましょう。

中譯 ☞p. 246

Notes

▶ **相談をするときは「今、お時間よろしいですか」と相手の都合を聞こう。**

前去商量時，要說「今、お時間よろしいですか」先確認對方是否有空。

2 邊看邊跟讀

❶ 看 p. 176 藍色部分的句子，同時注意聲音的速度一邊默唸。

❷ 接下來注意發音，同時逼真地模仿發音。

＊❷に戻って何度も練習しよう！

＊下の文を重点的に発音練習してみよう。

▶ かちょう、／いま、おじかんよろしいですか。

▶ じかいのみなとすいさんとのうちあわせですが、／
いっしょにいっていただけないでしょうか。

うちゃーわせ

3 直接跟讀

不要看 p. 176 藍色部分的句子，同時如真地模仿發音。

與CD原聲對話！

沒有p. 176藍字部分的音源，練習看看！

アポイントメントをとる

約定見面時間

②電話でアポイントメントを申し入れる

打電話提出要約見的要求

1 聆聽・理解內容

橋本　：お電話かわりました。橋本です。
いつもお世話になっております。

カリナ：アジア商事のカリナです。いつもお世話になっております。
先日お送りした見積りについて、できましたら、
直接詳しいお話をさせていただきたいんですが…。

橋本　：あ、はい。ぜひお願いいたします。

カリナ：いつがよろしいでしょうか。

橋本　：そうですね。
来週水曜日の午後はいかがですか。

カリナ：はい。では、来週水曜日の午後３時にお願いできますか。
課長の佐藤と二人で伺います。

橋本　：はい。じゃ、13日水曜日、
午後３時にお待ちしています。

カリナ：はい、よろしくお願いいたします。

中譯 ☞p. 247

Notes

- **「できましたら」は、相手への配慮を示す。** ☞p. 32
説「できましたら」來表示為對方著想。

- **打ち合わせの日時は「いつがよろしいでしょうか」と先に相手の都合を聞こう。**　約見時間時，先要說「いつがよろしいでしょうか」來確認對方時間上是否方便。

2 邊看邊跟讀

❶ 看 p. 178 藍色部分的句子，同時注意聲音的速度一邊默唸。

❷ 接下來注意發音，同時逼真地模仿發音。

＊❷に戻って何度も練習しよう！

＊下の文を重点的に発音練習してみよう。

▶ せんじつおおくりしたみつもりについて、／

できましたら、／ちょくせつくわしいおはなしを／

させていただきたいんですが…。

3 直接跟讀

不要看 p. 178 藍色部分的句子，同時如真地模仿發音。

與CD原聲對話！

沒有p. 178藍字部分的音源，練習看看！

PART 3

アポイントメントをとる

約定見面時間

③電話でアポイントメントの変更を申し入れる

打電話提出要變更約見時間的要求

1 聆聽・理解內容

橋本　：お待たせしました。橋本です。

カリナ：アジア商事のカリナですが、
いつもお世話になっております。

橋本　：いえ、こちらこそお世話になっております。

カリナ：今週水曜日のお約束の件で、誠に申し訳ないんですが、
急なお願いがございまして…。

橋本　：はい、何でしょうか。

カリナ：実は、社内で急な打ち合わせが入ってしまいまして、日程を変更していただけないでしょうか。こちらの勝手な都合で大変申し訳ございません。

橋本　：そうですか。直近でしたら木曜日の
４時以降が可能ですが…。

カリナ：ご無理を言って申し訳ございません。

中譯 ☞p. 247

Notes

- **こちらの都合でアポイントメントを変更する場合は「申し訳ございません」だけでなく、「誠に」「こちらの勝手な都合で」「ご無理を言って」などの言葉を添えよう。**　由於自己的原因要變更約見時間時，不要單只是說「申し訳ございません」，還要追加說「誠に」「こちらの勝手な都合で」「ご無理を言って」等。

2 邊看邊跟讀

❶ 看 p. 180 藍色部分的句子，同時注意聲音的速度一邊默唸。

❷ 接下來注意發音，同時逼真地模仿發音。

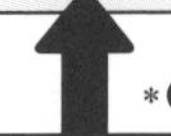

＊❷に戻って何度も練習しよう！

＊下の文を重点的に発音練習してみよう。

▶ こんしゅうすいようびのおやくそくのけんで、／

まことにもうしわけないんですが、／

もしわけ

きゅうなおねがいがございまして…。

▶ こちらのかってなつごうで ／ たいへんもうしわけございません。

▶ ごむりをいって ／ もうしわけございません。

3 直接跟讀

不要看 p. 180 藍色部分的句子，同時如真地模仿發音。

與CD原聲對話！

沒有p. 180藍字部分的音源，練習看看！

取引先からの要求に対応する

因應合作公司的要求

①取引先から注文変更を要求される

合作公司要求改變訂單

1 聆聽・理解內容

ウン：お電話かわりました。ウンです。

高橋：お世話になっております。高橋です。早速ですが、
つい先ほどメールでお願いした件で、お電話いたしました。

ウン：はい。先月ご注文いただいたプチゼリーの原材料の件ですね。

高橋：はい。ご無理を承知の上で、ぜひお願いしたいんですが…。

ウン：納品期日が来週木曜日と迫っておりますが…。

高橋：はい、それは承知しているんですが…。

ウン：わかりました。
それでは、至急上司と相談しまして、
改めてご連絡いたします。

高橋：はい、ありがとうございます。
ご連絡をお待ちします。

中譯 ☞p. 247

Notes

▶ **相手が急いでいる場合でも、勝手に判断せず「改めてご連絡いたします」と言って、上司に相談すること。** ☞p. 196
對方很著急時也不要隨便做出判斷，而是要說「改めてご連絡いたします」之後，再和上司商量。

2 邊看邊跟讀

1. 看 p. 182 藍色部分的句子，同時注意聲音的速度一邊默唸。
2. 接下來注意發音，同時逼真地模仿發音。

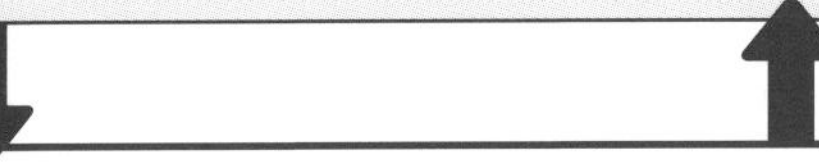

＊ 2 に戻って何度も練習しよう！

＊下の文を重点的に発音練習してみよう。

▶ それでは、しきゅうじょうしとそうだんしまして、／
あらためてごれんらくいたします。

3 直接跟讀

不要看 p. 182 藍色部分的句子，同時如真地模仿發音。

與CD原聲對話！

沒有p. 182藍字部分的音源，練習看看！

取引先からの要求に対応する

因應合作公司的要求

②取引先からの要求を上司に報告し、指示をあおぐ

向上司報告合作公司的要求，聽上司的指示

1 聆聽・理解內容

ウン：課長、至急ご相談したいことがあるんですが…。

課長：はい、何ですか。

ウン：実は、あさひ食品の高橋さんからメールとお電話がありまして、先月発注した原材料の数量を倍増したいとのことなんですが…。

課長：えっ、だって納品は来週でしょう。

ウン：はい、来週木曜日の予定ですが…。プチゼリーの反響が予想以上によくて、急きょ増産態勢に入るそうなんです。

課長：そうですか。しかし、今から倍増とは…。ともかく急いであたってみましょう。 中譯 ☞p. 248

Notes

ビジネスでは、報告・連絡・相談（＝ほう・れん・そう）が重要。取引先との打ち合わせ内容など、現状を上司や先輩に報告し、問題点があれば必ず相談しよう。☞p. 196

在商務活動中，報告、聯絡、商量（＝ほう･れん･そう）十分重要。與合作公司開會的內容、工作的進展現狀等都要向上司或者前輩報告，若有疑問務必要商量。

2 邊看邊跟讀

❶ 看 p. 184 藍色部分的句子，同時注意聲音的速度一邊默唸。

❷ 接下來注意發音，同時逼真地模仿發音。

＊❷に戻って何度も練習しよう！

＊下の文を重点的に発音練習してみよう。

▶ かちょう、しきゅうごそうだんしたいことがあるんですが…。

注意 「るん」不要加強！

▶ プチゼリーのはんきょうがよそういじょうによくて、／

きゅうきょぞうさんたいせいにはいるそうなんです。

注意 「なん」不要加強！

3 直接跟讀

不要看 p. 184 藍色部分的句子，同時如真地模仿發音。

與CD原聲對話！

沒有p. 184藍字部分的音源，練習看看！

PART 3

取引先からの要求に対応する

因應合作公司的要求

③取引先に要求に応じられないことを伝え、代案を示す

向合作公司說明無法滿足他們的要求，並提出其他解決方案

1 聆聽・理解內容

ウン：お世話になっております。
今朝お電話いただいた、プチゼリーの件でございますが…。

高橋：あ、はい。お手数をおかけしております。

ウン：いえ。あれから、調達先にいろいろあたってみたんですが…。
増量分については、来週木曜日の入荷は難しいようです。
増量分のみ４日後の月曜日にずれ込んでよろしければ、
すぐ手配いたしますが…。

高橋：そうですか…。仕方ありませんね。
わかりました。では、増量分は
*来週月曜日によろしくお願いします。

ウン：はい、承知しました。では、手配が終わりましたら、
改めてご連絡いたします。

高橋：わかりました。
では、ご連絡をお待ちしています。

中譯 ☞p. 248

Notes

- **「難しいようです」は、「できない」と断定せず婉曲的に言う表現。**
「難しいようです」是委婉的表達，取代斷然地說「できない」這種說辭。

- 「*」處的「来週月曜日」是以會話中第五行的「来週木曜日」為基準推算。若以對話時間推算的話，應該是「再来週月曜日」。

2 邊看邊跟讀

❶ 看 p. 186 藍色部分的句子，同時注意聲音的速度一邊默唸。

❷ 接下來注意發音，同時逼真地模仿發音。

＊❷に戻って何度も練習しよう！

＊下の文を重点的に発音練習してみよう。

▶ けさおでんわいただいた、／プチゼリーのけんでございますが…。

▶ あれから、ちょうたつさきに／

No! ちょーたっさき

いろいろあたってみたんですが…。

▶ では、てはいがおわりましたら、／

あらためてごれんらくいたします。

3 直接跟讀

不要看 p. 186 藍色部分的句子，同時如真地模仿發音。

與CD原聲對話！

沒有p. 186藍字部分的音源，練習看看！

取引先でプレゼンテーションを行う

在合作公司做簡報

①開始のあいさつをする

開始時的寒暄

1 聆聽・理解內容

ウン：アジア商事営業部のウンでございます。
本日はお忙しいところお集まりいただき、ありがとうございます。
早速ですが、この度弊社が開拓しました新規調達先について、
ご説明をさせていただきます。
まず、お手元の資料1をご覧ください。 中譯 ☞p. 249

Notes

- **プレゼンテーションを始めるときは、まず名乗り、あいさつする。そして、プレゼンテーションのテーマを述べてから本題に入る。** 開始做簡報時要先介紹自己的名字、打招呼，然後再陳述簡報的主題後進入正題。
- **本題にすぐ入るときは、「早速ですが」とひとこと添えよう。**☞p. 32
進入正題時說「早速ですが」。

2 邊看邊跟讀

❶ 看 p. 188 藍色部分的句子，同時注意聲音的速度一邊默唸。

❷ 接下來注意發音，同時逼真地模仿發音。

＊❷に戻って何度も練習しよう！

＊下の文を重点的に発音練習してみよう。

▶ ほんじつはおいそがしいところ ／ おあつまりいただき、／
ありがとうございます。

▶ さっそくですが、／ このたびへいしゃがかいたくしました ／
しんきちょうたつさきについて、／ ごせつめいをさせていただきます。

▶ まず、おてもとの ／ しりょういちをごらんください。

3 直接跟讀

不要看 p. 188 藍色部分的句子，同時如真地模仿發音。

與 CD 原聲對話！

沒有p. 188藍字部分的音源，練習看看！

取引先でプレゼンテーションを行う

在合作公司做簡報

②質問に答える

回答提問

1 聆聽・理解內容

ウン　：以上でございます。
　　　　ご質問、ご指摘などございましたら、お願いいたします。

出席者：ちょっとよろしいでしょうか。

ウン　：はい、どうぞ。

出席者：テング社の現地でのシェアはどのぐらいでしょうか。

ウン　：３割弱といったところです。 中譯 ☞p. 249

Notes

- **プレゼンの終わりは「以上でございます」と言おう。**
  簡報完成之後要說「以上でございます」。
- **質問などを促すときは「ご質問、ご指摘などございましたら～」と言おう。**
  詢問其他人有沒有問題時說「ご質問、ご指摘などございましたら～」。
- **「といったところ」は、数値などをおおまかに提示するときの表現。**
  「といったところ」用於粗略地表達數值時。

2 邊看邊跟讀

❶ 看 p. 190 藍色部分的句子，同時注意聲音的速度一邊默唸。

❷ 接下來注意發音，同時逼真地模仿發音。

＊❷に戻って何度も練習しよう！

＊下の文を重点的に発音練習してみよう。

▶ ごしつもん、ごしてきなどございましたら、／
おねがいいたします。

▶ さんわりじゃく／といったところです。

3 直接跟讀

不要看 p. 190 藍色部分的句子，同時如真地模仿發音。

與CD原聲對話！

沒有p. 190藍字部分的音源，練習看看！

取引先でプレゼンテーションを行う

在合作公司做簡報

③回答を保留する

保留回答

1 聆聽・理解內容

ウン　：ほかにございませんでしょうか。

出席者：供給の安定性についてお尋ねしたいんですが…。

ウン　：はい、どうぞ。

出席者：天候不順による供給不足のリスクについて
ご説明いただきましたが、今後のリスク予想の数値があれば、
お見せいただけませんか。

ウン　：申し訳ございません。ただ今、詳しい数字が手元にございません。
リスク対策については先ほど申し上げたとおりです。詳しい数字は
後ほどお伝えしたいと存じますが、よろしいでしょうか。

出席者：はい、それで結構です。 中譯 ☞p. 250

Notes

その場で答えられない質問については「後ほど～」と言って、後でしっかり確認を取ってから回答しよう。

遇到無法立刻當場回覆的問題時，說「後ほど～」隨後要再仔細確認好後給予答覆。

2 邊看邊跟讀

1. 看 p. 192 藍色部分的句子，同時注意聲音的速度一邊默唸。
2. 接下來注意發音，同時逼真地模仿發音。

＊2 に戻って何度も練習しよう！

＊下の文を重点的に発音練習してみよう。

► ほかにございませんでしょうか。

► ただいま、くわしいすうじが ／ てもとにございません。

► くわしいすうじは ／ のちほどおつたえしたいとぞんじますが、／ よろしいでしょうか。

3 直接跟讀

不要看 p. 192 藍色部分的句子，同時如真地模仿發音。

與CD原聲對話！

沒有p. 192藍字部分的音源，練習看看！

PART 3

取引先でプレゼンテーションを行う

在合作公司做簡報

④プレゼンテーション後、ほめられる

簡報之後被稱讚

1 聆聽・理解內容

ウン：ほかに何かございますか。ないようでしたら、
　　　これで終了させていただきます。ありがとうございました。

高橋：ウンさん、お疲れさまでした。プレゼンの資料、
　　　とてもわかりやすかったですよ。助かりました。

ウン：そう言っていただけるとうれしいです。みなさまのおかげです。
　　　今後ともよろしくお願いします。 中譯 ☞ p. 250

Notes

- **ほめられたら、素直に喜び「皆様のおかげです」「今後とも～」などお礼の言葉を添えよう。**

  被稱讚時，坦率地表達自己的喜悅，說「皆様のおかげです」、「今後とも～」等表示感謝。

2 邊看邊跟讀

ポーズふつう　ポーズ長め

1. 看 p. 194 藍色部分的句子，同時注意聲音的速度一邊默唸。
2. 接下來注意發音，同時逼真地模仿發音。

＊②に戻って何度も練習しよう！

＊下の文を重点的に発音練習してみよう。

ポーズふつう　ポーズ長め

▶ ないようでしたら、／ これでしゅうりょうさせていただきます。

▶ そういっていただけるとうれしいです。

いたらけると

3 直接跟讀

ポーズふつう

不要看 p. 194 藍色部分的句子，同時如真地模仿發音。

與CD原聲對話！

相手のパートのみ

沒有p. 194藍字部分的音源，練習看看！

PART 3 11 取引先でプレゼンテーションを行う④

ビジネスマナー②（ほう・れん・そう）

商務禮儀②——報告、聯絡、商量

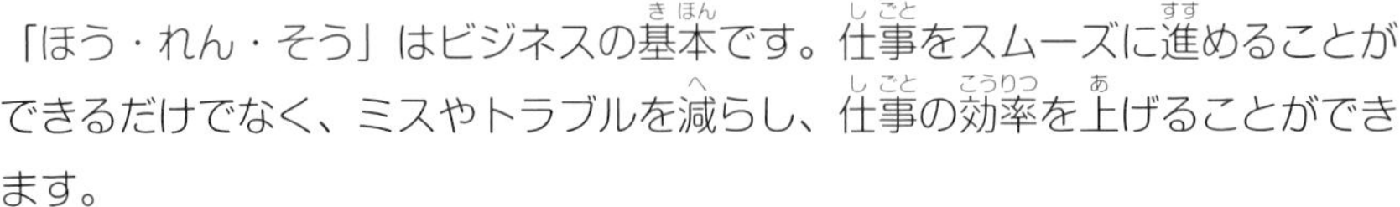

「ほう・れん・そう」はビジネスの基本です。仕事をスムーズに進めることができるだけでなく、ミスやトラブルを減らし、仕事の効率を上げることができます。

「ほう・れん・そう」是商務禮儀的基礎。不但能使工作順利進行，還能減少失誤及麻煩，提高工作效率。

ほう（＝報告） 報（＝報告）

取引先との打ち合わせなどの経過や結果は上司に必ず報告すること。

與合作公司開會等溝通的經過及結果都必須報告給上司。

れん（＝連絡） 聯（＝聯絡）

遅刻や仕事上のスケジュール変更などは、上司や関係者に早めに連絡すること。

遲到或是工作上需要變更時間等情況，要及時與上司或相關人士取得聯絡。

そう（＝相談） 商（＝商量）

仕事上の問題は一人で悩まずに、上司や先輩に必ず相談すること。

工作上的問題不要獨自煩惱，必須要和上司或前輩等商量。

ほうれん草
菠菜

指導者の方へ

給指導者

跟讀訓練的導入方式，依教學形態差異而有所不同。在此介紹的方法是在學系三年級留學生日語班，也就是本書製作的基礎的班上實際獲得良好效果的方法。

【開始之前】

首先最重要的是在一開始時要確實讓學習者了解「跟讀」的意義，以及課程中的目標。少了這道程序，學習的效果會有很大的差異。

【跟讀的基本進行方式】

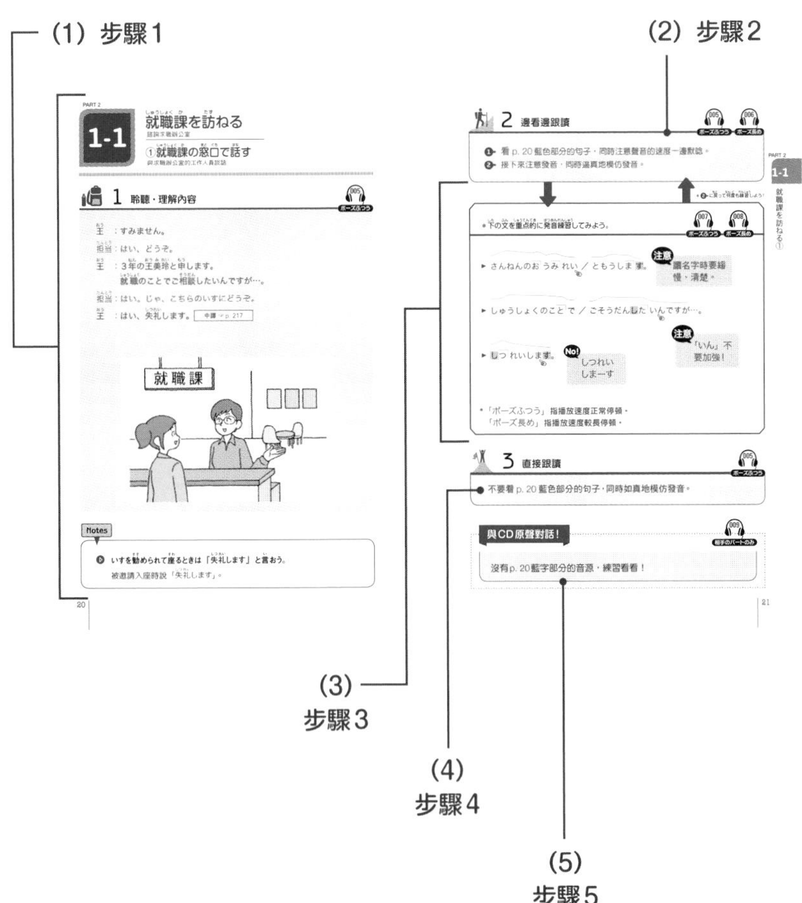

留意下列五個步驟。

(1) 步驟1

邊看會話教材、插圖，一邊聽CD ，理解情境及會話的內容。

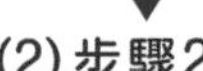

(2) 步驟2

邊看會話教材，邊注意CD的跟讀速度，同時小聲地跟讀。

- 小聲地跟上CD的速度：在CD音源的0.2 ～ 0.5秒之後開始，同時在0.2 ～ 0.5秒之後結束。

(3) 步驟3

邊看會話教材，邊模仿CD的內容，確實發出聲音跟讀。
★無法流利地跟讀的地方，要注意發音，同時加強重點練習。

- **注意音量大小：**確實發出聲音跟讀時，不要蓋過CD的聲音。
- **CD音源的0.2 ～ 0.5秒之後開始：**多次重複後，記起了會話內容，容易不小心就搶在CD音源之前發聲，務必要跟在CD之後。除此之外，也不要超過1秒之後再跟讀。
- **重點練習的活用：**針對必須著重於音調的學習者，或是情況不允許一一糾正每人發音時，就要利用重點練習的發音曲線進行指導。首先先試著利用較長停頓的CD內容，如果還是無法修正說出的音調，指導者就必須親自與學習者同時配合會話教材中的發聲曲線慢慢地練習，如此一來，學習者大部分就就可以自己發現自己發音上的毛病。

(4) 步驟4

邊看會話教材，一邊逼真地模仿CD的內容跟讀。

- **閉上眼睛跟讀：**要學生不看會話教材跟讀的話，他們一定會馬上說「不行！」這時候，讓他們閉上眼睛，注意力放在聲音上，就可以跟讀了。

(5) 步驟5

不看會話內容，與CD音源進行對話（會話對象的部分）。

- **置換成自己的狀況：**將會話中的姓名、所屬單位等等情境，置換成學習者自己的狀況進行練習。
- **活用於自習上：**在課堂中無法達到目標，就讓學習者在家自行練習，或是可以在上課時讓學習者進行角色扮演。

【課程進行方式】

※一週三天：課程開始前約10分鐘，進行一連串的會話練習（2～3個會話）。依會話的長度、難易度不同，也可以選1個會話進行即可。

	(1)步驟1	(2)步驟2	(3)步驟3 ★重點練習	(4)步驟4	(5)步驟5
第一天	一開始利用(1)理解情境。 接下來利用一個個的會話進行(2)，小聲跟讀，讓學習者習慣速度。(約進行2次) 接下來嘗試利用(3)一一地練習會話，約進行1次。				
第二天	每個會話進行1次(3)，進行重點練習後，再大約進行(3) 2次。 時間允許的話，進行1次(4)				
第三天	重複(4)多次之後，依時間、班級的程度挑戰(5)				

※一週一天：課程開始前約10～15分鐘，進行一連串的會話練習（2～3個會話）。

	(1)步驟1	(2)步驟2	(3)步驟3 ★重點練習	(4)步驟4	(5)步驟5
第一週	一開始利用(1)理解情境。 HW 接下來利用一個個的會話進行(2)，小聲跟讀，讓學習者習慣速度。(約進行2次) 接下來進行重點練習的發音、音調，要求學習者關注發音、音調，然後嘗試利用(3)一一地練習會話，約進行1次。 讓學習者回家練習(3) (4)，包含重點練習。				
第二週	下一段會話 HW 重複多次(4)，依時間、班級的程度挑戰(5)。 進行下一個會話，再利用第一週的要領進行練習。				

指導重點

- 最開始時，要把範圍鎖定在一個會話，讓學習者了解各階段的運作方式。

  PART 1「學習方式＆跟讀練習」中，有介紹配合CD的進行方式。

- 發音重點練習有讓學習者發覺自己的發音毛病的效果，指導者要多加活用，這對學習者在課後自我練習也有很大的幫助。

  ※ 本書中的「發音曲線」（pitch pattern）與重音（￢），並不是以單字為單位，而是以容易跟讀的段落為單位。

- 如果無法在課程中教完所有的會話的話，可以視情況選取適合的情境、會話教學，其餘的讓學習者自己練習。特別是步驟5，可以在每次跟讀訓練之外，另外設定時間進行這個步驟，讓學習者發表自我學習的成果，並將此當作評量的內容。

【步驟1～5以外的的授課活動例】

每次不要光只是跟讀，有時間餘裕的話，還有下列的活用方法。

- 直接使用會話教材，讓學習者們以配對或是分組的方法進行發表。
- 讓學習者參考會話教材，寫下新的會話。
- 進行會話教材中的學習者角色的部分（藍色字部分）的聽寫測驗。

就活・仕事で使えるフレーズ集

求職和工作場所實用短句

就職活動編　求職活動篇

〈相談をする 商量〉

387

1 ▶ 就職のことでご相談したいんですが…。 ☞p.20

2 ▶ 日本の旅行会社への就職を希望しているんですが、留学生向けの求人情報はありますか。 ☞p.22

3 ▶ エントリーシートを書いたんですが、ちょっと見ていただいてもよろしいですか。 ☞p.24

4 ▶ すみません、ちょっとご相談したいことがあるんですが…。 ☞p.28

5 ▶ 実は、先日こちらで教えていただいたサイトに登録したら、こんな情報が送られてきたんですが、意味がよくわからなくて…。 ☞p.28

6 ▶ TKYツーリストのインターンシップに申し込みをしたいんですが、まだ間に合うでしょうか。 ☞p.30

7 ▶ ABC商事に興味があるんですが、この大学のOB・OGがいらっしゃったら、ご紹介いただけないでしょうか。 ☞p.34

8 ▶ わかりました。もう一度書き直してみます。 ☞p.26

9 ▶ わかりました。明日の午前中に提出しますので、よろしくお願いします。 ☞p.30

10 ▶ またよろしくお願いします。 ☞p.26

〈電話をする 打電話〉

388

1 ▶ 突然のお電話、失礼いたします。 ☞p.36

2 ▶ お忙しいところ申し訳ございません。 ☞p.50 p.100

3 ▶ お忙しいところ恐れ入ります。 ☞p.52

4 ▶ 私、あけぼの大学3年のウン・テック・メンと申します。 ☞p.36

5 ▶ 就職課で森田様のお名前とご連絡先を伺い、お電話させていただきました。 ☞p.36

6 ▶ 今、お時間よろしいでしょうか。 ☞p.36

7 ► 新卒採用の件で伺いたいことがあるんですが、ご担当の方をお願いできますでしょうか。 ☞p.50

8 ► 実は、先日、新卒採用に関する資料請求のメールをお送りしたんですが、資料がまだ届いていないようでして、お電話いたしました。 ☞p.52

9 ► 私、先ほどお電話をいただいた、みなと大学のトラン・ゴック・バオと申します。 ☞p.100

10 ► 採用担当の山田様はいらっしゃいますか。 ☞p.100

11 ► 先ほどは失礼いたしました。【電話に出られなかったことを謝る】 ☞p.100

12 ► 失礼いたします。【電話を切る】 ☞p.42 p.54

〈電話を受ける 接電話〉

389

1 ► はい、王美玲です。 ☞p.96 p.116

2 ► はい、トラン・ゴック・バオです。 ☞p.98

3 ► ただ今、電車で移動中でして、いただいた番号に、こちらから折り返しお電話させていただいてもよろしいですか。 ☞p.98

4 ► 12月11日水曜日午前10時より、御社本社ですね。 ☞p.96

5 ► 当日は、履歴書など何か用意しておくものはございますか。 ☞p.96

6 ► 承知いたしました。それでは、ご連絡をお待ちしております。 ☞p.116

〈アポイントメントを取る 約定見面時間〉

390

1 ► よろしければ、一度お目にかかって、直接お話を伺いたいんですが、お時間いただけますでしょうか。 ☞p.38

2 ► ご都合のよろしい日時を教えていただけますでしょうか。 ☞p.38

3 ► 来週火曜日、22日の12時半にグリーンスポットというカフェテリアですね。 ☞p.40

4 ► 当日、何かあった場合は、こちらの連絡先にお電話すればよろしいでしょうか。 ☞p.42

〈はじめて会う 首次見面〉

391

1 ▶ はじめまして。ウン・テック・メンと申します。 ☞p.44

2 ▶ ちょうだいします。【名刺を受け取る】 ☞p.44

3 ▶ 本日は、お忙しいところお時間をいただき、ありがとうございます。 ☞p.44

4 ▶ どうぞよろしくお願いします。 ☞p.44

5 ▶ 本日は何時ごろまでお時間大丈夫でしょうか。 ☞p.46

6 ▶ では、早速ですが、お話を伺ってもよろしいでしょうか。 ☞p.46

7 ▶ たいへん参考になりました。ありがとうございました。 ☞p.48

8 ▶ 本日は、お忙しいところお時間をいただき、ありがとうございました。 ☞p.48

〈受付で話す 在接待處的會話〉

392

1 ▶ 失礼いたします。【声をかける】 ☞p.58 p.76

2 ▶ 会社説明会に参りました、あけぼの大学３年の王美玲と申します。 ☞p.58

3 ▶ あけぼの大学３年の王美玲と申します。本日は新卒採用の面接を受けに参りました。 ☞p.76

〈質問をする 提出問題〉

393

1 ▶ はい。【手をあげる】 ☞p.60 p.62 p.64

2 ▶ 私、みなと大学3年のトラン・ゴック・バオと申します。 ☞p.60

3 ▶ 私、あけぼの大学3年の王美玲と申します。 ☞p.62

4 ▶ さくら大学のイ・ミニョンと申します。 ☞p.64

5 ▶ すみません、ちょっと伺ってもよろしいでしょうか。 ☞p.66

6 ▶ あの、一点お伺いしたいんですが…。 ☞p.64

7 ▶ こちらの資料に研修プログラムとありますが、例えばどのようなものがあるか伺いたいんですが…。 ☞p.60

8 ▶ 聞きもらしたかもしれないんですが、配属はどのように決まるんでしょうか。 ☞p.62

9 ▶ また、その後、どのように変わっていくかについても伺いたいんですが…。 ☞p.62

10 ▶ 御社では留学生の採用を積極的に行っていらっしゃいますが、外国人社員に期待することは何でしょうか。 ☞p.64

11 ▶ 業務上、資格が必要となった場合に、どのようなサポートがありますか。 ☞p.66

12 ▶ 本日履歴書を持参しているんですが、こちらでよろしいでしょうか。 ☞p.68

13 ▶ はい、わかりました。ありがとうございました。 ☞p.66

14 ▶ はい、よくわかりました。ありがとうございました。 ☞p.60 p.62

15 ▶ そうですか。よくわかりました。ありがとうございました。 ☞p.64

〈インターンシップ：初日のあいさつ 實習：首日打招呼〉

394

1 ▶ 本日よりインターンシップでこちらでお世話になります、王美玲と申します。 ☞p.70

2 ▶ インターンシップ担当の鈴木様にお取り次ぎいただけますでしょうか。 ☞p.70

3 ▶ 本日よりお世話になります。よろしくお願いいたします。 ☞p.70

〈インターンシップ：最終日のあいさつ 實習：結束日打招呼〉

395

1 ▶ みなさま、大変お世話になりました。 ☞p.72

2 ▶ 短い間でしたが、多くの経験をさせていただき、本当にありがとうございました。 ☞p.72

〈面接を受ける 接受面試〉

396

1 ▶ 失礼いたします。【部屋に入る】 ☞p.78

2 ▶ みなと大学商学部3年トラン・ゴック・バオと申します。よろしくお願いいたします。 ☞p.78

3 ▶ はい、失礼いたします。【椅子に座る】 ☞p.78

🔊 4 ► 本日はお時間をいただき、ありがとうございました。どうぞよろしくお願いいたします。 ☞p.114

🔊 5 ► 失礼いたします。【部屋を出る】 ☞p.114

〈グループディスカッション 分組討論〉

397

🔊 1 ► では、はじめに簡単な自己紹介をして、係を決めましょうか。 ☞p.84

🔊 2 ► よかったら、タイムキーパーを担当しましょうか。 ☞p.84

🔊 3 ► よろしければ、私が発表を担当しましょうか。 ☞p.84

🔊 4 ► みなさんがよろしければ、私が司会をします。 ☞p.84

🔊 5 ► じゃ、私は書記をしましょうか。 ☞p.84

🔊 6 ► それでは、「会社は地域貢献のために何をすべきか」について、話し合いを始めます。 ☞p.86

🔊 7 ► では、まず一人ずつアイデアを挙げていきましょうか。 ☞p.86

🔊 8 ► 地域の夏祭りに参加するというのはどうでしょうか。 ☞p.86

🔊 9 ► ほかのみなさんはどうですか。 ☞p.88

🔊 10 ► お祭りのような特別なイベントもいいと思うんですが、もっと生活に直接関係があるものはどうですか。 ☞p.88

🔊 11 ► そろそろまとめに入りませんか。 ☞p.90

🔊 12 ► 以上の2つの案で、決を採ってもいいでしょうか。 ☞p.90

🔊 13 ► 採決の結果、1対3で公園の清掃となりました。 ☞p.92

🔊 14 ► みなさん、よろしいでしょうか。 ☞p.92

🔊 15 ► それでは、公園の清掃を毎週金曜日の就業前の1時間、当番制で行うということでいいですね。 ☞p.92

🔊 16 ► それでは、発表のポイントを言いますので、みなさん確認してくださいますか。 ☞p.92

🔊 17 ► 討議の結果を発表いたします。 ☞p.94

〈お礼を言う 致謝〉

398

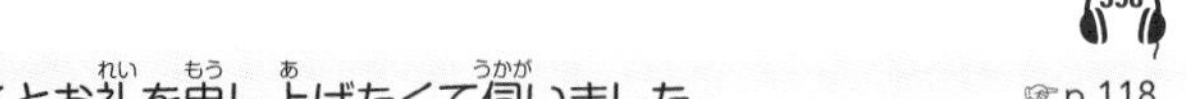

🔊 1 ► 今日は、ひとことお礼を申し上げたくて伺いました。 ☞p.118

🔊 2 ► これも、相談に乗ってくださったみなさまのおかげです。どうもありがとうございました。 ☞p.118

新入社員編（しんにゅうしゃいんへん） 新職員篇

〈初日（しょにち）のあいさつ 首日打招呼〉 399

1 ► 本日（ほんじつ）よりお世話（せわ）になります、ウン・テック・メンと申（もう）します。 ☞p.122

2 ► ウンと呼（よ）んでいただければと思（おも）います。 ☞p.122

3 ► ご指導（しどう）のほど、よろしくお願（ねが）いいたします。 ☞p.122

〈毎日（まいにち）のあいさつ 毎日打招呼〉 400

1 ► おはようございます。 ☞p.124 p.126 p.158 p.160

2 ► お疲（つか）れさまです。 ☞p.126 p.166

3 ► みなと水産（すいさん）との打（う）ち合（あ）わせに行（い）ってきます。 ☞p.126

4 ► どうぞお気（き）をつけて。 ☞p.144

5 ► いってらっしゃい。 ☞p.126

6 ► ただ今戻（いまもど）りました。 ☞p.127 p.166

7 ► お帰（かえ）りなさい。 ☞p.127

8 ► お疲（つか）れさまでした。 ☞p.127

9 ► お先（さき）に失礼（しつれい）します。 ☞p.127 p.138

〈取引先（とりひきさき）とのあいさつ 與合作公司打招呼〉 401

1 ► ウン・テック・メンと申（もう）します。どうぞよろしくお願（ねが）いいたします。 ☞p.128

2 ► お待（ま）たせいたしました。 ☞p.130

3 ► 本日（ほんじつ）はお越（こ）しいただき、ありがとうございます。 ☞p.130

4 ► 先日（せんじつ）はお世話（せわ）になりました。 ☞p.130

5 ► 今後（こんご）ともよろしくお願（ねが）いします。 ☞p.194

短句

〈電話をする 打電話〉

1 ▶ アジア商事のカリナです。いつもお世話になっております。 ☞p.178

2 ▶ アジア商事のカリナですが、いつもお世話になっております。 ☞p.180

〈電話を取り次ぐ 轉接電話〉

1 ▶ はい、営業部第一営業課ウンです。(社内) ☞p.142

2 ▶ はい、アジア商事営業部第一営業課でございます。 ☞p.144

3 ▶ お電話ありがとうございます。アジア商事営業部第一営業課でございます。 ☞p.146

4 ▶ いつもお世話になっております。 ☞p.146 p.178 p.180

5 ▶ こちらこそお世話になっております。 ☞p.154

6 ▶ はい、少々お待ちください。 ☞p.146 p.148 p.150

7 ▶ 課長、あさひ食品の高橋様から１番にお電話です。 ☞p.146

8 ▶ 今日は、午後からの出社となっていますが…。(社内) ☞p.142

9 ▶ 申し訳ございません。佐藤は、ただ今外出しております。 ☞p.148

10 ▶ 2時過ぎには戻る予定ですが、いかがいたしましょうか。 ☞p.148

11 ▶ 申し訳ございません。佐藤は、ただ今席を外しておりますが…。 ☞p.150

12 ▶ 佐藤は、あいにく今週いっぱい不在にしておりますが…。 ☞p.152

13 ▶ 申し訳ございません。佐藤はただ今ほかの電話に出ておりまして…。 ☞p.154

14 ▶ 佐藤から、折り返し鈴木様にお電話するようにいたしましょうか。 ☞p.154

15 ▶ 申し訳ございません。お手数をおかけしますが、よろしくお願いいたします。 ☞p.148

16 ▶ 失礼いたします。【電話を切る】 ☞p.148 p.156

〈伝言を受ける・頼む・伝える 接留言・要求留言・轉述留言〉

受ける

1 ▶ 何かお伝えしましょうか。(社内) ☞p.142

2 ▶ 承知しました。総務部の長野さんにお電話するよう伝えます。（社内） ☞p.142

3 ▶ 今日の午後3時からの会議ですね。承知しました。そのように伝えます。（社内） ☞p.164

4 ▶ わかりました。課長にその旨伝えます。（社内） ☞p.144

5 ▶ はい、承知しました。では、お電話があったことを佐藤に申し伝えます。 ☞p.152

6 ▶ 昨日差し上げた見積りの件で、本日の2時ごろまでに高橋様にお電話するということでよろしいでしょうか。 ☞p.150

7 ▶ では、佐藤にその旨申し伝えます。 ☞p.150

8 ▶ 念のため、お電話番号をいただけますか。 ☞p.156

9 ▶ くり返します。TKYツーリストの鈴木様、お電話番号は03-3459-9620ですね。 ☞p.156

10 ▶ 営業部第一営業課のカリナが承りました。 ☞p.156

頼む

405

1 ▶ 申し訳ありませんが、課長にそのようにお伝えいただけますでしょうか。 ☞p.160

伝える

406

1 ▶ TKYツーリストさんから伝言を預かっています。こちらです。 ☞p.127

2 ▶ 課長から伝言です。課長の代わりに午後3時の会議に出席してほしいそうです。 ☞p.166

3 ▶ 課長、先ほど石川さんから電話があって…。銀座線が人身事故で30分ほど遅れるとのことです。 ☞p.144

〈アポイントメントをとる 約定見面時間〉

407

1 ▶ 先日お送りした見積りについて、できましたら、直接詳しいお話をさせていただきたいんですが…。 ☞p.178

2 ▶ いつがよろしいでしょうか。 ☞p.178

3 ▶ では、来週水曜日の午後3時にお願いできますか。課長の佐藤と二人で伺います。 ☞p.178

〈アポイントメントを変更する 變更約見時間〉

1 ▶ 今週水曜日のお約束の件で、誠に申し訳ないんですが、急なお願いがございまして…。 ☞p.180

2 ▶ 実は、社内で急な打ち合わせが入ってしまいまして、日程を変更していただけないでしょうか。 ☞p.180

3 ▶ こちらの勝手な都合で大変申し訳ございません。 ☞p.180

4 ▶ ご無理を言って申し訳ございません。 ☞p.180

〈質問をする 提問〉

1 ▶ すみません。ちょっとお聞きしてもよろしいですか。 ☞p.132 p.134 p.136

2 ▶ 事務用品が必要な場合は、どうすればいいでしょうか。 ☞p.132

3 ▶ 課長から、明日の朝あさひ食品で資料を受け取ってから出社するように言われているんですが、タイムカードはどうしたらいいでしょうか。 ☞p.134

4 ▶ 今朝、電車が大幅に遅れて遅刻してしまったんですが、どのような手続きが必要でしょうか。 ☞p.136

5 ▶ 何かお手伝いすることはありますか。 ☞p.138

〈報告・連絡・相談（＝ほう・れん・そう） 報告・聯絡・商量〉

1 ▶ すみません、カリナです。山手線が車両故障でストップしていて、30分ぐらい遅れると思います。申し訳ありません。 ☞p.158

2 ▶ 昨晩から38度台の熱が出てしまって、今日は休ませていただきたいんですが…。 ☞p.160

3 ▶ 今、お時間よろしいですか。 ☞p.176

4 ▶ 至急ご相談したいことがあるんですが…。 ☞p.184

5 ▶ お忙しいところすみません。明日のみなと水産との会議の資料のことでご相談したいんですが…。 ☞p.170

6 ▶ 今日のお昼までということでしたが、もう少しかかりそうなんです。午後2時まで待っていただけないでしょうか。 ☞p.170

7 ▶ 次回のみなと水産との打ち合わせですが、一緒に行っていただけないでしょうか。 ☞p.176

8 ▶ 実は、あさひ食品の高橋さんからメールとお電話がありまして、先月発注した原材料の数量を倍増したいとのことなんですが…。 ☞p.184

〈取引先に対応する 與廠商應對〉

411

1 ▶ それでは、至急上司と相談しまして、改めてご連絡いたします。 ☞p.182

2 ▶ お世話になっております。今朝お電話いただいた、プチゼリーの件でございますが…。 ☞p.186

3 ▶ 増量分については、来週木曜日の入荷は難しいようです。 ☞p.186

4 ▶ 増量分のみ4日後の月曜日にずれ込んでよろしければ、すぐ手配いたしますが…。 ☞p.186

5 ▶ では、手配が終わりましたら、改めてご連絡いたします。 ☞p.186

〈プレゼンテーションをする 做簡報〉

412

1 ▶ 本日はお忙しいところお集まりいただき、ありがとうございます。 ☞p.188

2 ▶ 早速ですが、この度弊社が開拓しました新規調達先について、ご説明をさせていただきます。 ☞p.188

3 ▶ まず、お手元の資料1をご覧ください。 ☞p.188

4 ▶ 以上でございます。 ☞p.190

5 ▶ ご質問、ご指摘などございましたら、お願いいたします。 ☞p.190

6 ▶ ほかにございませんでしょうか。 ☞p.192

7 ▶ 申し訳ございません。ただ今、詳しい数字が手元にございません。 ☞p.192

8 ▶ 詳しい数字は後ほどお伝えしたいと存じますが、よろしいでしょうか。 ☞p.192

9 ▶ ほかに何かございますか。ないようでしたら、これで終了させていただきます。ありがとうございました。 ☞p.194

〈お礼を言う 致謝〉

413

1 ▶ 昨日はいろいろと教えていただき、ありがとうございました。 ☞p.124

2 ▶ 先日はお世話になりました。 ☞p.130

3 ▶ そう言っていただけるとうれしいです。 ☞p.194

4 ▶ みなさまのおかげです。 ☞p.194

5 ▶ 今後ともよろしくお願いします。 ☞p.194

〈お詫びをする 道歉〉

414

1 ▶ ご迷惑をおかけして申し訳ありません。 ☞p.170

2 ▶ 大変申し訳ございません。 ☞p.172

3 ▶ 申し訳ございませんでした。以後、気をつけます。 ☞p.172

4 ▶ こちらの勝手な都合で大変申し訳ございません。 ☞p.180

5 ▶ ご無理を言って申し訳ございません。 ☞p.180

〈誘いを受ける 受邀〉

415

1 ▶ はい。ご一緒します。 ☞p.174

2 ▶ ありがとうございます。いただきます。 ☞p.174

3 ▶ では、遠慮なくごちそうになります。 ☞p.175

会話の中国語訳

會話中文翻譯

PART 2 就職活動編（しゅうしょくかつどうへん）

求職活動篇

STAGE 1 情報収集

資訊蒐集

就職課を訪ねる

諮詢求職辦公室

①就職課の窓口で話す

p.20

與求職辦公室的工作人員談話

王：　不好意思。
工作人員：你好。請說。
王：　我是 3 年級的學生。我叫王美玲。
　　想諮詢一下求職的事。
工作人員：好的。請這邊坐。
王：　好。謝謝。

就職　求職

②求人情報について聞く

p.22

諮詢求職辦公室

王：　我想在日本的旅行社工作，請問有沒有針對留學生的招聘資訊？
工作人員：好的。旅行社是嗎？有幾個的。
王：　那可以讓我看看嗎？
工作人員：好的。嗯，針對留學生的有 5 個公司在徵人。請看。
王：　謝謝。

求人情報　徵人資訊　　求人　徵人

③エントリーシートをチェックしてもらう（1）

p.24

確認應聘申請表（1）

王：　不好意思。
工作人員：你好。請說。
王：　我填寫了應聘申請表，可以請您幫忙看一下嗎？
工作人員：好的。這邊請。
王：　好。

王：　就是這份，麻煩您了。
工作人員：好的。請這邊坐。
王：　好。謝謝。

エントリーシート　應聘申請表

④エントリーシートをチェックしてもらう (2) p.26

確認應聘申請表（2）

工作人員：嗯……，這個嘛……。
自我推薦的地方可以再寫得具體一點。
可以寫一點自己努力過什麼，從中學到了什麼之類的。
王：　啊，好的。我了解了。我會再試著重寫的。
工作人員：嗯，寫好了再給我看看。
王：　好的。再麻煩您了。謝謝。

> 自己PR　自薦、自我介紹

⑤企業からメールで届いた情報について、わからないところを聞く p.28

收到企業傳來的E-mail，詢問不明白的地方

王：　不好意思，有點事情想請教一下。
工作人員：好的，請說。
王：　是這樣，我註冊了之前您推薦的網站，然後收到了這封 E-mail，我不太懂是什麼意思。
工作人員：是嗎。我可以看看嗎？
王：　可以的。麻煩您了。

> サイト　網站　　登録する　註冊

⑥掲示板で見つけたインターンシップ情報について聞く p.30

詢問佈告欄上看到的實習資訊

王：　不好意思，我想報名參加 TKY 旅行社的實習，現在還來得及嗎？
工作人員：可以的。不過請你盡快。請在這份申請表上填上必要事項，明天之前能拿來嗎？
王：　好，我了解了。明天上午我會來提交，麻煩您了。

> インターンシップ　企業實習　　申込書　申請表
> 必要事項　必要事項　　提出　提交

OB・OGを訪問する

請求職辦公室介紹畢業生

①就職課でOB・OGを紹介してもらう

p.34

請求職辦公室介紹畢業生

Un：　　不好意思。
工作人員：你好，請說。
Un：　　我對 ABC 商事很感興趣。如果有這個學校畢業的學長姐在那裡工作的話，可以請您介紹一下嗎？
工作人員：可以，我查一下，請稍等。
Un：　　好的，麻煩您了。

工作人員：讓你久等了。
在促銷部門有去年畢業的學生，叫森田雪，她在那裡工作。
這是森田的電話號碼，請聯繫看看。
Un：　　好的，謝謝您了。

> OB・OG　**畢業生**　　販売促進課　**促銷課**
> 勤務　**工作**

②紹介されたOGの携帯電話に連絡する

p.36

打電話給受推薦畢業生

森田：你好，我是森田。
Un：　不好意思，突然打電話給您。我是曙光大學的三年級學生，我叫 Un Tek Men。
我去求職辦公室詢問到了您的名字和聯繫方式，所以打電話給您。請問您現在有時間嗎？
森田：可以，沒問題。
Un：　謝謝。

> 連絡先　**聯繫方式**

③紹介されたOGに連絡をして、アポイントメントをとる（1）

p.38

聯繫並約見受推薦畢業生（1）

Un：　是這樣的，我現在正在找工作，並且對 ABC 商事很有興趣。
如果可以的話，想跟您見一面直接向您詢問，您是否有時間呢？
森田：好的。就這幾天碰一下面吧。
Un：　謝謝。可否請您告知您方便的時間？
森田：好的，請稍等。
Un：　好。

お目にかかる　見、見面（謙讓語）　　お話を伺う　咨詢、商量（謙讓語）
都合　方便（與否）　　日時　日期

④紹介されたOGに連絡をして、アポイントメントをとる（2）　p.40

聯繫並約見受推薦畢業生（2）

森田：嗯…我下週二或者週四中午的時段有空。
Un：　好的，我哪天都可以，我去拜訪您。
森田：那就星期二 12 點半到總公司附近的 Green Spot 自助餐廳來吧。
　　　有可能會讓你等我一下。
Un：　好的，沒關係。那麼下週二，22 號 12 點半在叫做 Green Spot 的自助餐廳見。
森田：好的。
Un：　請多多指教。

時間帯　時段　　本社　總公司

⑤紹介されたOGに連絡をして、アポイントメントをとる（3）　p.42

聯繫並約見受推薦畢業生（3）

Un：　見面當天有什麼特殊情況的話，可以聯繫您的這個電話嗎？
森田：可以。你的電話號碼就是這個對吧。
Un：　對。那就拜託您了。
森田：好的，那麼再見。
Un：　再見。

⑥紹介されたOGに会う　p.44

與受推薦畢業生見面

森田：讓你久等了，是 Un 先生嗎？
Un：　是的，您好。初次見面，我叫 Un Tek Men
森田：初次見面，我是森田。
Un：　名片我收下了。
　　　今天感謝您在百忙之中抽出時間。請多多指教。
森田：別客氣。我們先去點些吃的吧！
Un：　好的。

ちょうだいします　收下了
本日　今天

⑦紹介されたOGから話を聞く　p.46

詢問受推薦畢業生

Un：　請問您今天能談到幾點？
森田：午休時間是 1 個小時，我可以坐到 15 分左右。
Un：　好，那我長話短說，可以問您些問題嗎？

森田：好的，請說。
Un：　森田小姐您在促銷課做什麼工作呢？
森田：我負責東亞的銷售戰略。
Un：　嗯……進入公司以後馬上制定企劃嗎？
森田：如果是好的企畫，即使是新職員也是有機會的。
　　　我覺得是非常值得做的工作。

販売戦略（はんばいせんりゃく）　銷售戰略
担当（たんとう）　負責
企画（きかく）を立（た）てる　制定企劃
新入社員（しんにゅうしゃいん）　新職員、公司新人
やりがいがある　值得做

⑧紹介（しょうかい）されたOGにお礼（れい）を言（い）う

p.48

對受推薦畢業生表示感謝

森田：那沒什麼其他的問題了吧。
Un：　是的。受益匪淺，太感謝了。
森田：哪裡，再有什麼問題的話請聯繫我。
Un：　謝謝。還請多多指教。感謝您今天在百忙之中抽時間見我。

参考（さんこう）になる　受益匪淺

会社（かいしゃ）に電話（でんわ）で問（と）い合（あ）わせる

致電公司諮詢

①資料（しりょう）が届（とど）かないため、会社（かいしゃ）に電話（でんわ）をする

p.50

因未收到資料，致電公司詢問

接待：感謝您的來電，這裡是 ABC 商事。
Un：　百忙之中打攪了。我是曙光大學三年級的學生，我叫 Un Tek Men。
　　　我想詢問一下應屆畢業生招募的事，能否請您幫忙轉接負責人？
接待：應屆畢業生應聘的事嗎？我幫您轉接負責人，請稍等。

資料（しりょう）　資料
受付（うけつけ）　接待、櫃檯
新卒採用（しんそつさいよう）　聘用應屆畢業生
～の件（けん）　～的事

②担当者（たんとうしゃ）と話（はな）す

p.52

與負責人對話

栗本：您好，我是栗本。
Un：　百忙之中實在不好意思。我是曙光大學三年級的學生，我叫 Un Tek Men。
　　　是這樣的，前幾天我傳了電子郵件給貴公司，索取應屆畢業生招聘的相關資料，但是資料還沒有收到，所以打電話給您。

栗本：啊，對不起。我們按順序發送的。不過，為慎重起見，請您說一下姓名和聯繫方式好嗎？

恐れ入ります(おそれいります) 實在不好意思	資料請求(しりょうせいきゅう) 索取資料
順次(じゅんじ) 順序	念のため(ねんのため) 慎重起見

③連絡先を伝える(れんらくさきをつたえる)

p.54

告知聯絡方式

Un：我是曙光大學三年級的學生，我叫 Un Tek Men。
聯繫地址是：郵遞區號 123-4567，東京都港區虎之門 3-19-16。

栗本：好的，我重複一下。
郵遞區號 123-4567，東京都港區虎之門 3-19-16 對吧？

Un：是的。

栗本：好的，若確認還未發送的話，會在這一兩天之內寄出。

Un：好的，麻煩您了。

栗本：好的，再見。

Un：謝謝，再見。

くり返す(くりかえす) 重複	発送(はっそう) 發送
一両日中(いちりょうじつちゅう) 一兩天內	

STAGE 2　会社へのアプローチ

拉近與公司的距離

説明会に参加する

參加說明會

①会社説明会の当日、受付で話す

p.58

公司說明會當天，在接待處的會話

王：　不好意思，我是來參加說明會的，我是曙光大學三年級的學生，我叫王美玲。

接待：好的，請取一份這個資料，然後到那邊的會議室等一下。

王：　好的。謝謝。

接待：在等候的這段時間，麻煩你把這份資料內的必要事項填寫一下。

王：　好的，了解了。

会社説明会　公司說明會	書類　文件
必要事項　必填項目	記入　填寫

②会社説明会で質問する (1)

p.60

在公司說明會上提問（1）

負責人：有什麼問題嗎？

Tran：　有的。

負責人：好的，請說。

Tran：　我是港口大學 3 年級的學生，我叫 Tran Guk Bao。這份資料裡面提到的培訓專案，可以具體舉例說明有哪些嗎？

負責人：培訓負責人會對新職員進行 3~4 個月的個別指導，然後再聽從所屬部門的前輩的安排，再開始具體工作。

Un：　好的，了解了。謝謝。

研修　培訓	個別に　個別
指導　指導	配属部署　所屬部門
先輩　前輩	

③会社説明会で質問する (2)

p.62

在公司說明會上提問（2）

負責人：還有什麼問題嗎？

王：　有的。

負責人：好的，請說。

王：　　我是曙光大學三年級的學生，我叫王美玲。
　　　　有可能是我聽漏了，請問所屬部門是如何決定的呢？
　　　　還有，想請問以後會有什麼改變呢？
負責人：好的。現在我可以告訴各位的是，基本上是透過將各位的志願、考試結果與各部門的需求配對來決定的。以後同樣如此。
王：　　好的，了解了。謝謝。

聞(き)きもらす　漏聽	配属(はいぞく)　所屬、被分配到的
現時点(げんじてん)　現階段	申(もう)し上(あ)げる　說（謙讓語）
各部署(かくぶしょ)　各部門	要望(ようぼう)　要求、期望
付(つ)き合(あ)わせる　配對	基本(きほん)　基礎
同様(どうよう)　同樣、相同	

④会社説明会(かいしゃせつめいかい)で質問(しつもん)する(3)

p.64

在公司說明會上提問（3）

負責人：還有什麼問題嗎？
Yi：　　有的。
負責人：好的，請說。
Yi：　　我是櫻花大學的學生，我叫 Yi Min Yon。有個問題我想確認一下……。
負責人：好的，請說。
Yi：　　貴公司積極錄用留學生，請問對外國國籍的職員有什麼期待嗎？
負責人：是的。在發展海外事業方面，希望能積極發揮蒐集當地資訊的能力，也希望能給職場帶來活力及變化。
Yi：　　好的，明白了。謝謝。

一点(いってん)　一點、一件事	御社(おんしゃ)　貴公司
採用(さいよう)　錄用	積極的(せっきょくてき)に　積極地
期待(きたい)　期待、希望	事業展開(じぎょうてんかい)　事業發展
現地(げんち)　當地、本地	情報収集(じょうほうしゅうしゅう)　資訊收集
力(ちから)を発揮(はっき)する　發揮能力	職場(しょくば)　職場
活力(かつりょく)　活力	もたらす　帶來

⑤合同説明会(ごうどうせつめいかい)のブースで質問(しつもん)する(1)

p.66

在就業博覽會的公司展櫃上提問（1）

Un：　　　不好意思，我可以詢問一下嗎？
工作人員：請說。
Un：　　　業務上必須要有資格的情況下，會有什麼補助呢？
工作人員：是的。要看是什麼資格，有些是會給予一定補助的。
Un：　　　好的，明白了。謝謝。

合同説明会　就業博覽會
業務上　業務上
サポート　支持
補助が出る　給予補助
ブース　展櫃、展區
資格　資格
一定　一定（程度上的）

⑥合同説明会のブースで質問する(2)

p.68

在就業博覽會的公司展櫃上提問（2）

工作人員：要問的就是以上這些嗎？
Un：　是的，謝謝您。嗯……我今天把履歷表也帶來了，方便交給您嗎？
工作人員：好的。我會保管的。
Un：　謝謝，那就麻煩您了。

以上　以上（這些）
持参　帶、自備
履歴書　覆歷表
預かる　保管

インターンシップに参加する

參加公司實習

①インターホンで担当者に取り次いでもらう

p.70

透過對講機轉接實習負責人

王：　早安。我是今天來參加實習的，我叫王美玲。
　　　能否麻煩您轉接一下實習負責人鈴木小姐？
工作人員：是來實習的王小姐對吧？好的。請稍等。
王：　好的。謝謝，麻煩您了。

鈴木：王小姐，早安。
王：　是的，早安。今天起就麻煩您了，請多關照。

取り次ぎ　轉接
お世話になります　承蒙關照

②最終日（さいしゅうび）にあいさつする

p.72

最後一天的寒暄

王：　　　大家好。承蒙各位的關照。
　　　　　雖然時間不長，但我收穫頗多，由衷感謝。
　　　　　我會好好運用在這裡獲得的經驗，努力找工作的。
工作人員：你辛苦了。要加油啊。
王：　　　好的。謝謝。

経験（けいけん）を活（い）かす　運用經驗

STAGE 3 面接試験

面試

グループ面接を受ける

參加小組面試

①グループ面接の当日、受付で話す p.76

小組面試當天在接待處的會話

王：　　不好意思，我是曙光大學三年級的學生，我叫王美玲。
　　　　是來參加今天的畢業生面試的。
接待人員：是王美玲對吧？面試會場在那裡。
王：　　好的。謝謝您，失陪了。

嚮導：　叫到名字之前請在這裡稍等一下。
　　　　被叫到名字的人，請進入會場。
王：　　好的。明白了。

> 新卒採用　錄用畢業生
> 面接を受ける　參加面試
> 面接会場　面試會場

②名前を呼ばれて面接会場に入り、席に着く p.78

被叫到名字後進入會場入座

工作人員：　Tran Guk Bao、Yi Min Yon、王美玲。
Tran / Yi / 王：在。

Tran：　失禮了。

Tran：　我是港口大學 3 年級的學生，我叫 Tran Guk Bao。請多關照。

面試官：請坐。
Tran / Yi / 王：是。失禮了。

> 面接官　面試官　　　おかけください　請坐

③面接官に出身地について聞かれ、答える p.80

面試官詢問出生地等問題時的回答

面試官：各位的出生地是哪裡。Tran Guk Bao 你先請。
Tran： 是。我來自越南海防市。
從河內向東開車大約 2 小時。
Yi： 我來自韓國釜山附近的昌原。
王： 我來自福建省福清市。
面試官：福清市在福建哪裡？
王： 福建省的省會是福州。福清市在福州稍微南邊一點的地方。
面試官：這樣啊。

> 出身地　出生地　　出身　出生在……（來自……）

グループディスカッションをする

分組討論

①面接官の指示を受ける p.82

接受面試官的指示

面試官： 接下來，我們花 30 分鐘的時間，一起討論一下寫在這裡的話題。30 分鐘之後請發表討論結果，時間控制在 3 分鐘之內。那麼就開始吧。
全體學生：是，了解了。

> 指示を受ける　接受指示　　テーマ　主題
> 結論　結論

②指示を受け、役割分担をする p.84

接受指示，分配角色

王： 那麼，我們先簡單自我介紹一下，隨後一起決定角色吧。
Tran： 好的。我叫 Tran Guk Bao。
王： 我叫王美玲。
Cho： 我叫 Min Min Cho。可以的話我想做時間掌控人。
Suharjo： 那就麻煩你了。我叫 Suharjo。我來做記錄人吧。
Yi： 拜託你了。我叫 Yi Min Yon。最後的發表我來做吧。
王： 好的。那麼大家都沒有異議的話，我就來做主持人吧。
其他學生：好，拜託了。

役割分担（やくわりぶんたん） 角色分配
自己紹介（じこしょうかい） 自我介紹
係（かかり） 負責人
タイムキーパー 時間掌控者
担当（たんとう）する 負責
書記（しょき） 記錄人
司会（しかい） 主持人

③ディスカッションをする（1）

p.86

進行討論（1）

王：　那麼，我們這就開始就「公司應透過何種方式參與地區貢獻」這個話題進行討論吧。
Cho：　還有 25 分鐘。
王：　好的。那麼我們每個人先說一個提議。
Suharjo：我來說一下。
王：　Suharjo 你請說。
Suharjo：積極參加地區的夏日祭典活動怎麼樣？夏日祭典活動對於當地人來說，是貼近日常生活的一個部分。若公司也參加的話，我認為貢獻度會很高。

グループディスカッション 分組討論
地域（ちいき） 地區
貢献（こうけん） 貢獻
話（はな）し合（あ）い 討論
アイデアを挙（あ）げる 提出提議
身近（みぢか） 切身、身邊
貢献度（こうけんど）が高（たか）い 貢獻度高

④ディスカッションをする（2）

p.88

進行討論（2）

王：　也就是說參加與當地居民息息相關的活動。其他幾位怎麼想？
Tran：我來說一下。
王：　Tran，你請說。
Tran：參加特別的祭典活動我覺得很好。不過與生活關係更直接的活動怎麼樣？比如打掃公園或者商店街之類的。
王：　是的。並非季節性的祭典活動，而是那種能為日常生活做貢獻的活動是吧？
Cho：5 分鐘過去了。
王：　謝謝。還有人有其他提議嗎？

住民（じゅうみん） 居民
行事（ぎょうじ） 活動、儀式
イベント 活動、集會
清掃活動（せいそうかつどう） 打掃活動
活動（かつどう） 活動
経過（けいか） 過去、經過

⑤案を絞る

p.90

總結提案

Cho：　還有 10 分鐘。我們差不多該總結了。
王：　好的。

王：　那麼，現在我們有兩個方案，最後歸納為一個吧？ 這兩個方案一個是 Suharjo 的參加夏日祭典，還有一個是 Tran 的參加地區打掃活動。我們來表決吧。
其他學生：好。

まとめに入る　進入總結環節
案　方案、提案
決を採る　表決
案が出る　提出方案
絞る　總結、歸納

⑥発表の準備をする

p.92

準備發表

王：　表決結果是 1 票比 3 票，打掃公園這個提案勝出。
我個人也投這個方案一票。各位，有沒有異議呢？
其他學生：沒有了。
王：　那麼，每週五上班前 1 個小時，輪班參與打掃公園活動。這樣可以嗎？
其他學生：好的。
王：　發表人是 Yi 對吧。拜託你了。
Yi：　好的。我知道了。那麼我來說一下發表時的重點，大家請一起確認一下。

採決　投票、表決
清掃　清掃
当番制　輪班制
～対～　～比～
就業前　上班前
ポイント　重點

⑦発表する

p.94

發表

面試官：好，時間到。請你們發表一下討論的結果。請。
王：　好的。我叫 Yi Min Yon。現在來發表一下我們討論的結果。
我們小組提議進行打掃公園活動，作為公司對地區做貢獻的公益活動。
我再來具體說明一下理由及具體實施方案。

討議　討論
提案　提案
具体案　具體方案

⑧採用担当者からの電話を受ける p.96

接聽人力資源負責人的電話

王：　您好，我是王美玲。
山田：我是 TKY 旅行社的人事部人力資源負責人，我姓山田。
　　　請問是王小姐本人的手機嗎？
王：　是的。
山田：你已經通過了第一次的選拔，我是打電話來通知你的。
王：　啊，好的，太感謝了。
山田：第二次選拔是單獨面試。排程在 12 月 11 日星期三上午 10 點。
　　　地點是我公司總部，你時間方便嗎？
王：　12 月 11 日星期三上午 10 點，地點是貴公司總部對吧？
　　　好的，我會去的。請多關照。
　　　當天我需要準備履歷之類的東西嗎？

採用担当者　人力資源負責人	人事部　人事部
採用担当　負責人力資源	一次選考　第一次選拔
通過　通過	その旨　這件事、這個主旨
二次選考　第二次選拔	個人面接　單獨面試
日程　日程	弊社　敝公司
御社　貴公司	

⑨電車の中で会社からの連絡を受ける (1) p.98

坐電車時接到公司打來的電話（1）

Tran：您好，我是 Tran Guk Bao。
山田：我是 TKY 旅行社的人事部人力資源負責人，我姓山田。
　　　請問是 Tran 先生本人的手機嗎？
Tran：是的。嗯……實在抱歉，我現在正在電車上，我可以等一下再打這個電話號碼給您嗎？
山田：哦，是這樣。了解了。那麼我等你的來電。

移動中　移動中	折り返し　回撥（電話）

⑩電車の中で会社からの連絡を受ける (2) p.100

坐電車時接到公司打來的電話（2）

山田：你好，TKY 旅行社。
Tran：您好，百忙之中打攪您了。我是剛剛接到您電話的，港口大學的 Tran Guk Bao。
　　　請問人力資源負責人山田小姐在嗎？
山田：你好，我就是。
Tran：剛才真是不好意思。
山田：沒有沒有。是這樣的，我是來通知你，你通過了前幾天的第一次選拔。
Tran：啊，太感謝了。

その旨お伝えいたしたく　想告訴你這件事
ご連絡差し上げる　聯絡您（謙讓語）

個人面接を受ける
參加單獨面試

①学生生活についての質問に答える
p.106

回答學生生活的相關問題

面試官：好，現在開始提問。王美玲，請說一下你在大學裡除了學業以外，花最多心思做的是什麼事？

王：除了學業以外，我花最多心思的是在飯店打工。
一開始是為了生活去打工的，雖然只是小小的用心和努力，
但能直接感受到客人們的回饋，後來越來越覺得工作有意思了。

面試官：這樣啊！你說的小小的用心，可以說得具體一些嗎？

学業　學業
工夫　用心、下苦工
反応が返ってくる　有回饋
力を入れる　致力於、下功夫
反応　反應

②志望動機を話す
p.108

表達自己的志願動機

面試官：那麼請說一下你想來我們公司的理由。

王：好的。第一個理由是貴公司的經營方針是注重亞洲地區。我在思考能成為日中兩國橋樑的工作究竟是什麼的時候，第一個想到的就是旅遊行業，同時貴公司是業界中擁有亞洲地區旅行團企劃最多的公司。我就想應該能更妥善地運用自己所學到的東西。

面試官：原來如此。我瞭解了。

志望動機　志願動機
重視　重視、注重
架け橋　橋樑
業界　業界
学んだこと　學到的東西
志望　志願
経営方針をとる　採用經營方針
旅行業界　旅遊業
企画　企劃
～が活かせる　能活用

③答えにくい質問に答える

p.110

回答難以回答的問題

面試官：那再請說一下 5 年後你自己的理想狀態是什麼樣的？
王：　好的，是的……。5 年後，在貴公司確實地積累經驗之後，希望能成為對公司而言不可或缺的人。我希望能從事業務的工作，希望能成為對客戶、對同事而言都可以信賴的人。
面試官：好的。但是，數年後你的家人希望你回國的話呢？
王：　的確，起初我父母親是希望我能回國的。但是我自己是希望能在貴公司好好地掌握著眼於世界的旅遊業的核心本質。我以前就和父母說過這些，相信他們是理解我的。

- 理想像　理想狀態
- 着実に　確實地
- 経験を積む　積累經驗
- 営業職　業務工作
- 同僚　同事
- 頼りにされる　被信賴、被依靠
- 当初　當初
- 視野に入れる　著眼於
- 旅行業　旅遊業
- 本質　本質、核心
- 身に付ける　掌握
- 以前から　從以前開始

④自己PRをする

p.112

自薦

面試官：那麼，最後請用 1 分鐘的時間自我推薦一下吧。
王：　是。我的強項是「決不會放棄」。剛來日本的時候，聽不太懂日語，每天被打工地方的老闆提醒，一時好像快失去了自信。但是我不想就這麼放棄，所以就把店長提醒我的事情都記下來，心想一定不能再犯同樣的錯誤。後來，被提醒的事情越來越少，我的努力也獲得了認可，店長還委任我當店堂領班。今後我也會一如既往，即使遇到問題也一定不會放棄，不斷地努力。
面試官：好的。謝謝。

- 強み　強項
- アルバイト先　打工的地方
- 自信を失う　失去自信
- 失敗　失敗
- 努力が認められる　努力被認可
- リーダー　領班、領導
- 任される　被委任
- 困難　困難
- あきらめない　不放棄
- 努力を積み重ねる　不斷努力

⑤面接が終わり、退室する p.114

面試結束，離開會場

面試官：還有什麼問題嗎？
王：　　沒有了。
面試官：那我們今天的面試就到這裡。辛苦你了。
王：　　今天非常感謝您們寶貴的時間。謝謝。請多關照。

王：　　失禮了。

退室（たいしつ）　離開會場　　終了（しゅうりょう）　結束

内定の通知を受ける

收到內定通知

①会社から電話で内定の通知を受ける p.116

接聽公司內定通知的電話

王：　您好，我是王美玲。
山田：我是 TKY 旅行社的人事部人力資源負責人，我姓山田。
　　　請問是王小姐本人的手機嗎？
王：　是的。
山田：我是來通知你，之前你參加的面試結果的。你被錄取了。
王：　是，謝謝您。
山田：關於今後的一些手續會再另行通知你的。
王：　了解，我等著您的聯繫。謝謝。

内定（ないてい）　內定	通知（つうち）　通知
先日（せんじつ）　前幾天	採用（さいよう）　錄用
今後（こんご）　今後	手続き（てつづ）　手續
追（お）ってご連絡（れんらく）いたします　另行通知	承知（しょうち）いたしました　明白了

②就職課にお礼を言いに行く p.118

去求職辦公室道謝

王：　您好。好久不見。
接待：啊，是王小姐啊。
王：　我前幾天拿到了 TKY 旅行社的內定了。
接待：那真是太好了。恭喜你。
王：　謝謝。今天是來向您道謝的。
接待：是嗎？感謝你特意跑來。

王：　這也多虧了大家給了我那麼多建議。
太感謝了。

ご無沙汰（ぶさた）しております　久未問候
伺（うかが）う　來（謙讓語）
～のおかげ　多虧
内定（ないてい）をもらう　獲得內定
相談（そうだん）に乗（の）る　給我建議

中譯

PART 3 新入社員編

新職員篇

1 社内の人とのあいさつ

與同事的寒暄

①入社1日目に配属先であいさつする

p.122

進公司第一天在所屬部門寒暄

課長：這位是今天開始在我們部門工作的 Un Tek Men。
Un：　我叫 Un Tek Men。大家請叫我 Un。今天起請大家多多關照。
很多事情都是第一次做，可能會給大家添麻煩，請多多指教。

配属先　所屬部門
配属　分配
ご指導のほど　請多多指教

②前日社内を案内してくれた先輩に翌朝あいさつする

p.124

第二天早上向前一天帶自己參觀公司的前輩寒暄

Un：　早安。
山下：啊，早啊。
Un：　昨天您教了我那麼多，真是太感謝了。
山下：沒有沒有。今天開始就是為期一周的培訓了。加油。
Un：　是，我會加油的。

先輩　前輩
研修　培訓

③日常のあいさつ

p.126

日常寒暄

朝のあいさつ（先輩に）

早上的寒暄（對前輩）

Karina：您早。
石川：　早。今天也挺熱的。
Karina：是啊，真熱。

昼間のあいさつ（先輩に）

中午的寒暄（對前輩）

Un：　您辛苦了。
石川：辛苦了。3 點的會議換地點了是嗎？
Un：　是，改到第 2 會議室了。

外出する人へのあいさつ（先輩に）
對要外出同事的寒暄（對前輩）

石川： 我去和港口水產碰個頭。
Karina： 您慢走。

外出から帰ってきた人へのあいさつ（先輩に）
對外出回來同事的寒暄（對前輩）

石川： 我回來了。
Karina： 您回來啦。辛苦了。
TKY 旅行社有一個留言。請過目。
石川： 啊，謝謝。

退社時のあいさつ1（先輩に）
下班時的寒暄 1（對前輩）

山下： Un，你可以回去了哦。
Un： 是。那我先告辭了。
山下： 辛苦了。

退社時のあいさつ2（同僚に）
下班時的寒暄 2（對同事）

Un： 你還不回去嗎？
Karina： 嗯，明天會議我還沒準備好。
Un： 辛苦啦。那我先走了。
Karina： 辛苦了。

打ち合わせ　碰頭、開會商談
退社　下班
伝言を預かる　有留言
同僚　同事

取引先とのあいさつ
與合作公司的寒暄

①取引先を訪問する
p.128

拜訪合作公司

山下： 百忙之中抽空見我們，真是太感謝了。
高橋： 沒有沒有。承蒙您們一直以來的照顧。
山下： 這是今後和我一同負責貴公司工作的新人，他叫 Un Tek Men。
Un： 您好，我叫 Un Tek Men。
請多關照。

高橋：我是朝日食品的高橋。
請多關照。

取引先(とりひきさき)　合作公司、有業務來往的公司
御社(おんしゃ)　貴公司
新人(しんじん)　新人
この度(たび)　這次
担当(たんとう)　負責

②取引先(とりひきさき)の人(ひと)を迎(むか)える p.130

迎接合作公司的人

Un：　讓您久等了。今天感謝您特意前來。
這邊請。

Un：　前幾天承蒙您的關照。
高橋：沒有沒有。上次您特地來我們公司，由衷感謝。

その節(せつ)は　上次、那次

先輩(せんぱい)に聞(き)く

向前輩詢問

①事務用品(じむようひん)について聞(き)く p.132

詢問辦公用品事宜

Karina：石川先生，不好意思。
可以問您一件事嗎？
石川：　可以。
Karina：我想要一些辦公用品，該怎麼做好呢？
石川：　去一樓的總務部，他們會馬上幫你準備的。
Karina：好，我明白了。謝謝您。

事務用品(じむようひん)　辦公用品
総務(そうむ)　辦公用品

②タイムカードについて聞(き)く p.134

詢問打卡事宜

Un：　山下小姐，不好意思。可以問您一件事嗎？
山下：可以，請說。
Un：　課長讓我明天去朝日食品取完資料後再出勤，這種情況下要怎麼打卡呢？
山下：哦，是順道外出後出勤哦，今天先要提交不進公司的申請書。
明天按實際出勤時間打完卡後，再請課長蓋章就可以了。
Un：　明白了，謝謝您。

タイムカード　出勤卡	出社　出勤	立ち寄り　順道外出後出勤
直行　直行、直接拜訪	直行届　直行申請	課長印　科長蓋章

③遅刻したときの会社への届け出について聞く

p.136

詢問遲到時如何呈報

Karina：石川先生，不好意思。可以問您一件事嗎？
石川：　可以。
Karina：今天早上電車大幅延誤，所以我遲到了。
　　　　該做些什麼必要的手續呢？
石川：　哦，在遲到申報表上附上電車延誤證明，然後提交給佐藤課長。
　　　　遲到申報表在一樓總務部。
Karina：好，我明白了。謝謝您。

届け出　申報	大幅に　大幅
手続き　手續	遅延証明書　延誤證明

④退社する前に、先輩にひとこと聞く

p.138

下班前詢問前輩要不要幫忙

Un：　山下小姐，您有什麼需要我做的嗎？
山下：謝謝你。今天沒什麼了。你回去吧。
Un：　好的。那我先告辭了。

社内の人からの電話を取り次ぐ

轉接公司內部同事的電話

①内線からの電話を取り次ぐ

p.142

轉接分機電話

Un：　你好，我是銷售部第一銷售科的 Un。
長野：我是總務部的長野。山下小姐在嗎？
Un：　她今天下午才會來公司……。
長野：啊，這樣啊。
Un：　有什麼需要轉達的嗎？
長野：那請你轉告一下，到公司後打電話給我可以嗎？

Un：　我了解了。我會轉告她，請她打電話給總務部的長野先生。
長野：　是，麻煩你了。
Un：　再見。

> 取り次ぐ　**轉接**　　内線　**分機**
> 承知しました　**明白了**

②先輩からの伝言を受け、上司に伝える

p.144

把前輩的話轉達給上司

Karina：你好，這裡是亞洲商事銷售部第一銷售科。
石川：　啊，Karina 早安。
　　　　我是石川，可以請課長聽電話嗎？
Karina：課長現在正在打電話……。
石川：　那，想麻煩你轉告課長，銀座線因為人身事故我會晚 30 分鐘左右到。
Karina：我知道了。我會告訴課長的。路上小心。
石川：　好。那就拜託了。

Karina：課長，剛才石川先生打電話來，說銀座線因為人身事故會晚 30 分鐘左右到。
課長：　我知道了。

> 上司　**上司**　　その旨　**這個、這件事**

取引先からの電話を取り次ぐ

轉接合作公司的電話

①取り次ぎたい人が席にいる

p.146

轉接的對象在座時

Un：　感謝您的來電。這裡是亞洲商事銷售部第一銷售科。
高橋：　我是朝日食品的高橋。
Un：　啊，高橋小姐您好。平日承蒙貴公司的關照。
高橋：　彼此、彼此，我們才是承蒙貴公司的關照。請問佐藤課長在嗎？
Un：　在的。您請稍等。

Un：　課長，1 號線有朝日食品的高橋小姐來電。

②取り次ぎたい人が外出している

p.148

轉接的對象外出時

高橋：請問佐藤課長在嗎？
Un： 是，請稍等。

Un： 非常抱歉。佐藤現在外出了。兩個小時後能回來。有我能幫忙的嗎？
高橋：那我到時候再打來。
Un： 好的。真是抱歉，給您添麻煩了。
高橋：那麼再見。
Un： 再見。

かけ直す　重新打（電話）

③取り次ぎたい人が席を外している

p.150

轉接的對象離開座位時

高橋： 請問佐藤課長在嗎？
Un： 是，請稍等。

Un： 非常抱歉。佐藤現在不在座位上⋯⋯。
高橋：那請您轉告一下，是關於昨天收到的報價的事宜，
請他今天兩點以前給我打個電話好嗎？
Un： 好的。關於昨天給您的報價的事宜，今天兩點以前致電給高橋小姐，是嗎？
高橋：是的。
Un： 好，我會轉告佐藤的。

席を外す　離開座位
～の件　～的事宜
見積り　報價
申し伝える　轉告

④取り次ぎたい人が1週間不在にしている

p.152

轉接的對象1個星期不在時

高橋：請問佐藤課長在嗎？
Un： 佐藤課長不湊巧這一個星期都不在。
高橋：是嗎？那我下週一再打電話來。
Un： 好的，我明白了。我會轉告佐藤您來過電話了。
高橋：好的。麻煩您了。

不在　不在
今週いっぱい　這一個星期、這一整週
あいにく　不湊巧

⑤取り次ぎたい人がほかの電話に出ている（1） p.154

轉接的對象正在電話中時（1）

鈴木：　我是 TKY 旅行社的鈴木。
　　　　平日承蒙貴公司的關照。
Karina：我們也承蒙貴公司的關照。
鈴木：　請問佐藤課長在嗎？
Karina：非常抱歉，佐藤現在正在打電話……。
鈴木：　是嗎？
Karina：我請他回您電話好嗎？
鈴木：　好的，能這樣太感謝了。
Karina：我明白了。

> 折り返し　打（電話）回去

⑥取り次ぎたい人がほかの電話に出ている（2） p.156

轉接的對象正在電話中時（2）

Karina：為慎重起見，可以告訴我您的電話號碼嗎？
鈴木：　可以。電話號碼是 03-3459-9620。
Karina：我重複一遍。TKY 旅行社的鈴木小姐，電話號碼是 03-3459-9620。
鈴木：　對。
Karina：我是銷售部第一銷售科的 Karina，我會替您轉告的。
鈴木：　好的，那麼麻煩您了。再見。
Karina：再見。

> 念のため　慎重起見　　　承りました　接下、接受了

緊急の電話連絡をする

打電話聯絡緊急事宜

①電車の遅延で遅刻することを伝える p.158

轉告因電車誤點而遲到

山下：　您好，這裡是亞洲商事銷售部第一銷售科。
Karina：早安。不好意思，我是 Karina。
　　　　山手線發生車輛故障現在停擺當中，大概會晚 30 分鐘左右到。對不起。
山下：　好的，知道了。請路上小心。

②病気で会社を休むことを伝える

p.160

轉告因生病想要請假

山下：早安。這裡是亞洲商事銷售部第一銷售科。
Un： 早安。我是 Un。
山下：啊，是 Un 啊。我是山下。怎麼了？
Un： 昨晚開始我就一直發燒，今天想請假……。
山下：你還好吧？
Un： 是的。真是抱歉，能不能麻煩您轉告課長呢？
山下：知道了。那麼請好好休息。
Un： 謝謝。再見。

お大事に　請保重、好好休息

7 上司から指示を受ける

接受上司的指示

①上司から伝言を頼まれる

p.164

上司有事要轉告時

課長：Un，你現在有空嗎？
Un： 是，您有什麼需要？
課長：山下外出回來以後，請你轉告她，讓她替我參加今天下午 3 點的會議好嗎？
Un： 好的，今天下午 3 點的會議。我明白了。我會轉達她。
課長：嗯，地點是大會議室。還有這個資料也請給她。
Un： 了解了。
課長：拜託你了。

指示　指示　　外出先　外出目的地

②上司からの指示を伝える

p.166

轉告上司的留言時

山下：我回來了。
Un： 辛苦了。山下小姐，課長有一件事情要我轉告你。
山下：是。什麼事？
Un： 課長說想讓你代替他參加今天下午 3 點的會議。
山下：啊，原來是這樣。3 點開始的會議對吧？
Un： 是。3 點開始在大會議室。然後，還有這個資料也是他給你的。
山下：知道了。謝謝。

③上司から仕事を頼まれる p.168

接受上司安排的工作

課長：　Karina，你把這份資料的數據做成圖表好嗎？
Karina：好的。請問您什麼時候需要？
課長：　量比較多，不過後天和港口水產開會時需要用，明天中午之前能完成嗎？
Karina：明天中午之前是嗎？了解了。
課長：　和港口水產開會前我想看一遍，拜託你了。
Karina：好的。

仕上げる　完成　　　目を通す　整體看一遍

④上司にスケジュールを相談する p.170

向上司確認日程

Karina：課長，您現在忙嗎？
我想和您商量一下明天和港口水產開會時需要用的資料的事情……。
課長：　怎麼了？
Karina：本來是今天中午之前要完成的，但是還需要一點時間。可以請您等到下午2點嗎？
課長：　是嗎……是挺多的，不過拜託了。
Karina：給您添麻煩了，真抱歉。

8 上司に叱られる

被上司叱責

①取引先への連絡が遅れ、上司に叱られる p.172

沒有及時聯絡合作公司，被上司叱責

課長：Un，後天和朝日食品的會議，時間變更的事情高橋小姐回覆了嗎？
Un：　啊，非常抱歉。
時間變更的事宜我還沒跟她聯絡。
課長：誒？還沒聯絡嗎？後天就開會啦。
Un：　真的是很抱歉。我現在馬上打電話。
課長：拜託了。
Un：　是。實在抱歉。我以後一定注意。

連絡を入れる　聯繫、聯絡　　　以後　以後、今後

②上司に叱られ、先輩になぐさめられる

p.174~p. 175

被上司叱責後受到前輩的安慰

飲み会の誘いを受ける

接受邀請

石川：Un，今天晚上有空嗎？一起去喝一杯吧。
Un：　啊，好的。一起去。

居酒屋でビールを飲みながら話す

在居酒屋邊喝酒邊聊天

石川：Un，今天辛苦啦。喝一杯吧。
Un：　謝謝您。我喝了。啊，石川先生您也請。不好意思，我沒注意到……。
石川：啊，謝謝。

石川：今天挺夠嗆的吧。新人的時候會有很多事情發生，大家都一樣的。
Un：　謝謝您。我會加油的。

先輩にごちそうになる

前輩請客

店員：一共 5800 日元。
石川：啊，Un，沒關係的，今天我來付。
Un：　啊，謝謝您。那我就不客氣了。

遠慮なく　不客氣　　　　ごちそうになる　接受款待

アポイントメントをとる

約定見面時間

①上司に相談する

p.176

與上司商量

Karina：不好意思。課長，您現在有時間嗎？
課長：　可以。
Karina：是下次和港口水產開會的事宜，能否請您和我一起去呢？想去談價格方面的事。
課長：　好的。我和你一起去。

アポイントメントをとる　約見、約定見面時間　　　　価格　價格

②電話でアポイントメントを申し入れる p.178

打電話提出要約見的要求

橋本：　感謝您的來電。我是橋本。
　　　　平日承蒙貴公司關照。
Karina：我是亞洲商事的 Karina。平日承蒙貴公司關照。
　　　　有關前幾天我發過去的報價單的事宜，如果可以的話，
　　　　能否直接和貴公司溝通一下呢？
橋本：　好的。請您過來。
Karina：什麼時候比較方便呢？
橋本：　是……下週三的下午如何？
Karina：好的。那下週三下午 3 點可以嗎？
　　　　我和課長兩個人一同前去拜訪。
橋本：　好的。那 13 號星期三，下午 3 點我等您們來。
Karina：是，拜託您了。

③電話でアポイントメントの変更を申し入れる p.180

打電話提出要變更約見時間的要求

橋本：　讓您久等了。我是橋本。
Karina：我是亞洲商事的 Karina。平日承蒙貴公司關照。
橋本：　沒有沒有，我們才承蒙貴公司關照。
Karina：是關於這週三約見的事宜，真的非常抱歉，突然想拜託您一件事……。
橋本：　好的，您說是什麼事？
Karina：是這樣的，我們公司內部突然有很重要的會議，想跟您協調一下會面的日期可以嗎？因為我們的突發狀況，真是太抱歉了。
橋本：　是嗎……最近的話也得要星期四的 4 點以後了。
Karina：為難您了，真是不好意思。

誠に（まこと）　實在是　　日程（にってい）　日程
直近（ちょっきん）　最近

10 取引先からの要求に対応する

因應合作公司的要求

①取引先から注文変更を要求される p.182

合作公司要求改變訂單

Un：　感謝您的來電，我是 Un。
高橋：平日承蒙貴公司關照。我是高橋。
　　　是這樣的，我剛剛寄給您郵件，有事情要麻煩您，所以打電話給您了。

Un：　是。是您上個月訂購的小果凍材料的事情是吧？
高橋：是的。真是為難您了，但是實在是想請您幫忙。
Un：　交貨期限下週四的話很緊迫……。
高橋：是，我知道的……。
Un：　好的。那我馬上和上司商量一下，再給您答覆。
高橋：好，謝謝您。我等您的回覆。

対応　**對應**	つい先ほど　**剛才**
原材料　**工業品的素材**	無理を承知の上で　**知道為難您，但是還……**
納品期日が迫る　**交貨期限很緊迫**	至急　**馬上**
改めて　**再、重新**	

②取引先からの要求を上司に報告し、指示をあおぐ p.184

向上司報告合作公司的要求，聽上司的指示

Un：　課長，有件事情要請您馬上確認一下。
課長：好，什麼事？
Un：　是這樣的。
　　　朝日食品的高橋小姐寄了 E-mail，也打了電話，表示上個月訂購的材料的數量要加一倍。
課長：誒？交貨就是下周啊。
Un：　是的，計畫是下週四……好像小果凍的反應比預想的好，現在說得緊急增產。
課長：這樣啊。但是現在說要加一倍……不管怎樣我們抓緊時間協調看看吧！

指示を仰ぐ　**聽指示**	発注　**訂購**
数量　**數量**	倍増　**倍增、增加一倍**
急きょ　**突然、緊急**	増産態勢　**增產態勢**
あたる　**努力協調**	

③取引先に要求に応じられないことを伝え、代案を示す p.186

向合作公司說明無法滿足他們的要求，並提出其他解決方案

Un：　平日承蒙貴公司的關照。
　　　今天早上您致電詢問的小果凍材料的事情……。
高橋：啊，是。給您添麻煩了。
Un：　沒有沒有。跟您通完電話之後，和供應商那裡協調了一下……。
　　　關於需要增加的部分，下週四之前到不了貨。
　　　如果可以，增加的那部分如果能麻煩您們延期到下週四的四天後，
　　　也就是星期一的話，馬上就能安排……。
高橋：是嗎……那也沒辦法了。明白了。
　　　那麼增加的那部分就請安排下個星期一交貨。

Un： 好的，明白了。那麼安排完之後我再聯絡您。

応(おう)じる 回應、回應	代案(だいあん) 代替方案
調達先(ちょうたつさき) 供應商	増量分(ぞうりょうぶん) 增加的部分
入荷(にゅうか) 進貨	ずれ込(こ)む 延期
手配(てはい) 安排	

取引先(とりひきさき)でプレゼンテーションを行(おこな)う

在合作公司做簡報

①開始(かいし)のあいさつをする p.188

開始時的寒暄

Un：我是亞洲商事銷售部的 Un。
感謝大家今天百忙之中齊聚這裡。
那我就開門見山了，今天我想說明一下關於我們公司開拓的新供應商的事宜。
首先，先請大家看一下手邊的資料 1。

プレゼンテーション（＝プレゼン） 簡報	弊社(へいしゃ) 敝公司
開拓(かいたく) 開拓	(お)手元(てもと) 手邊
新規(しんき) 新（的）	

②質問(しつもん)に答(こた)える p.190

回答提問

Un： 我要說的就是以上這些。
如果有疑問或者指正的話，請務必告訴我。
参加者：可以嗎？
Un： 好的，請說。
参加者：Tengu 公司在當地的佔有率大概是多少？
Un： 將近三成。

指摘(してき) 指正	現地(げんち) 當地
シェア 占有率	～弱(じゃく) 不到～

中譯

③回答を保留する

p.192

保留回答

Un：　還有其他問題嗎？
参加者：想問一下有關供應穩定性的問題。
Un：　好的，請說。
参加者：您剛才說明氣候原因可能發生的供應不足的風險。
如果有風險預估的具體資料的話能給我們看一下嗎？
Un：　非常抱歉。現在手頭上沒有具體的數字。
關於風險對策剛才我已經陳述了。具體的數字我過後會再告訴大家。這樣可以嗎？
参加者：好的。

回答（かいとう）　回答	保留（ほりゅう）　保留
供給（きょうきゅう）　供應	安定性（あんていせい）　穩定性
供給不足（きょうきゅうぶそく）　供應不足	数値（すうち）　數值
リスク対策（たいさく）　風險對策	後ほど（のち）　隨後、過後

④プレゼンテーション後、ほめられる

p.194

簡報之後被稱讚

Un：　還有其他問題嗎？如果沒有的話，我的簡報就到此結束。謝謝大家。

高橋：　Un，你辛苦啦。簡報的資料，非常簡單易懂。幫了大忙了。
Un：　有您的肯定，我很高興。多虧了大家。今後也請多多關照。

〈参考資料〉

1　迫田久美子・松見法男(2004)「日本語指導におけるシャドーイングの基礎的研究―「わかる」から「できる」の教室活動への試み―」『2004年度日本語教育学会秋季大会予稿集』223-242p

2　門田修平(2007)『シャドーイングと音読の科学』コスモピア株式会社

3　「Online Japanese Accent Dictionary」
東京大学大学院 工学系研究科 峯松研究室／情報理工学系研究科 廣瀬研究室
http://www.gavo.t.u-tokyo.ac.jp/ojad/

4　『外国人留学生のための就活ガイド 2015』独立行政法人　日本学生支援機構

オンライン日本語アクセント辞典について
(Online Japanese Accent Dictionary)

OJADは、共通語（東京方言）のアクセントやイントネーション学習のためのe-ラーニング教材です。

日本語の単語アクセントは、前後の文脈に依存して頻繁に変化します。OJADでは、ユーザーがタイプした文に対して、まず、単語アクセントがどのように変化するのかを示します。そしてイントネーションも考慮した上で、その文を共通語で読み上げた場合に描かれるピッチパターンを、視覚的に示します。さらにOJADは、呈示したピッチパターンに沿って、その文を読みげます。

その様子を、以下のビデオで確認することができます。

http://youtu.be/kPJifu2aBXg

OJAD is an e-learning material for learning word accent and phrase intonation of Tokyo dialect, which is the common language of Japanese.

Japanese word accent is very unique because it often changes due to its context. OJAD firstly shows how word accent is changed in a sentence typed by a user and then illustrates the pitch pattern that will be observed when reading that sentence in Tokyo dialect. In the pitch pattern, phrase intonation is also visualized. Further, OJAD can read that sentence out precisely following the word accents and the phrase intonations displayed.

You can check how OJAD works in the following video clip.

http://youtu.be/It-NBJKJd1g

東京大学大学院工学系研究科　峯松信明

求職就業日本語
一日跟讀10分鐘會話

作　　者　公益社團法人國際日本語普及協會
譯　　者　Latex International Co., Ltd
編　　輯　黃月良
校　　對　洪玉樹

製程管理　洪巧玲
出 版 者　寂天文化事業股份有限公司
電　　話　886 2 2365-9739
傳　　真　886 2 2365-9835
網　　址　www.icosmos.com.tw
讀者服務　onlinesevice@icosmos.com.tw

出版日期　2016年8月
初版一刷　250101
郵撥帳號　**1998-6200**
寂天文化事業股份有限公司

・劃撥金額600元（含）以上者，郵資免費。
・訂購金額600元以下者，請外加郵資65元。
〔若有破損，請寄回更換，謝謝。〕

國家圖書館出版品預行編目(CIP)資料

求職就業日本語：一日跟讀10分鐘會話 / 公益社團法人國際日本語普及協會著；Latex International Co., Ltd譯. --［臺北市］：寂天文化, 2016. 08
面；　公分

ISBN 978-986-318-478-2(平裝附光碟片)

1. 日語 2. 會話

803.188　　105012353